続・ヒーローズ（株《かぶしきがいしゃ》）!!!
北川恵海
HEROES
〒000-0000 △○□×××□○△□△××
TEL 000-000-000 FAX 000-000-000
E-mail:△□○×@×○□▽□.□□.jp

今年は例年に比べて暖かいらしい。庭の桜《さくら》は早く咲いたのだろうか。
見に行くつもりだったけど、タイミングを逃してしまった。
あの人は今年も見ていたのだろうか、美しく咲く桜の花を。
ねえ、あの庭の桜は、去年と同じようにきれいでしたか？

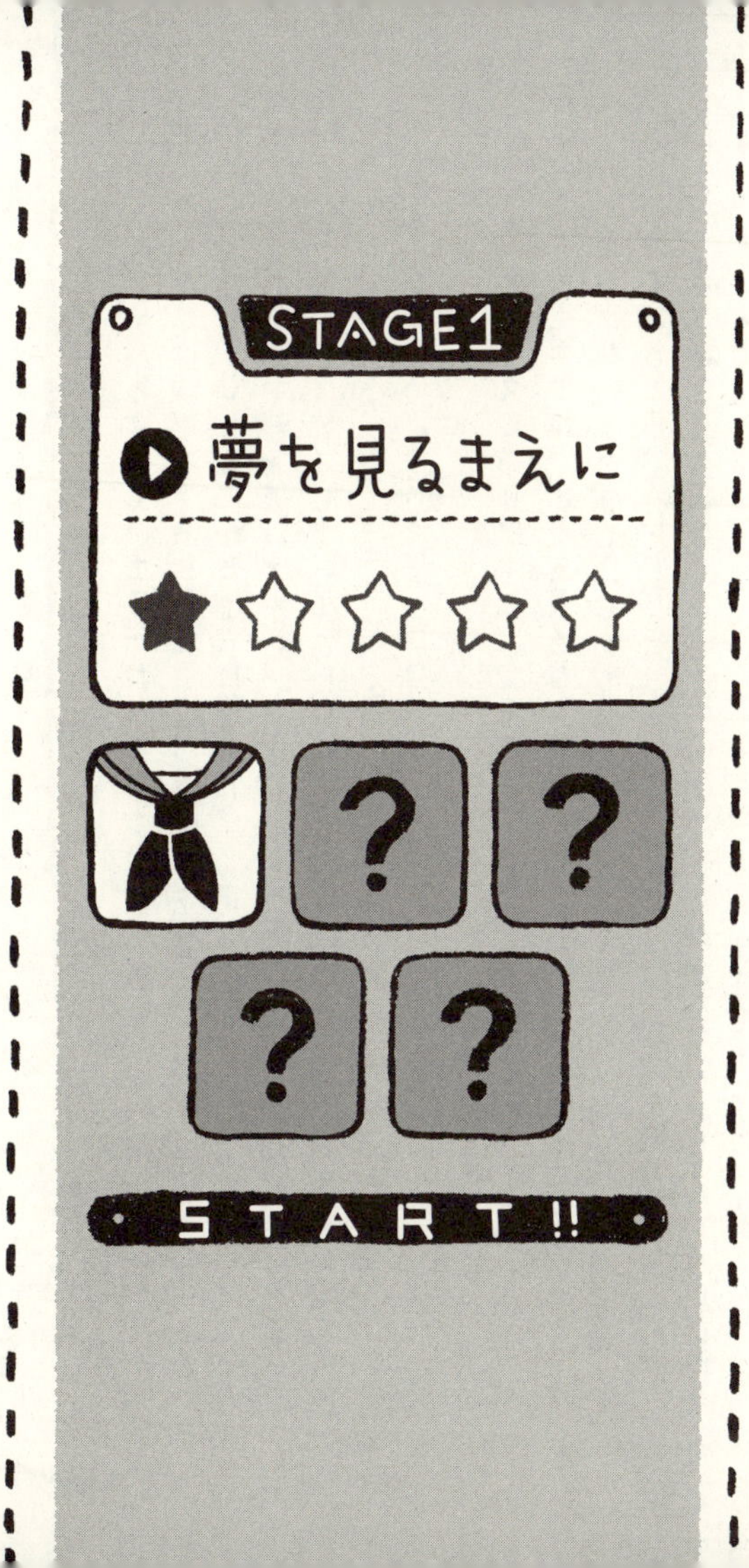
STAGE1
夢を見るまえに
START!!

とても短い夜のはなし

「ごめんね。でも、もう行かなくちゃ」

ボクは何度もキミに伝えた。けれどキミはボクにすがって泣くばっかりで、どうしたものかと途方に暮れた。

ボクはキミを置いてきた。泣きじゃくるキミを一人残してやってきた。

だから、どうしてもキミに会いたかった。もう一度だけでも、会いたかった。どうしたらキミに会えるのか、ずっとずっと考えていたんだ。

そして、ようやく思いついた。


とても久しぶりにキミに会えたよ。キミは喜んでくれると思った。

でもキミは、ボクを見るなり目を大きく見開いて、手で口を覆うと、ボロボロ涙をこぼしはじめた。ボクはとても驚いた。だってキミは喜んでくれると思っていたから。ボクは急いでキミの傍まで駆けつけた。

キミはボクの首をギュッとギュッと抱きしめて、苦しくなるくらいに抱きしめて離さなかった。ボクはただじっとキミに抱きしめられていた。

しばらくするとキミは、涙と鼻水でぐしゃぐしゃの顔で、ボクの頭をぐりぐり撫でまわした。そして「会いたかった」と笑ってくれた。
ボクはすごく嬉しくなった。
だってボクは、キミの笑顔が大好きなんだ。
キミの声が大好きなんだ。
キミの手が大好きなんだ。
キミの匂いが大好きなんだ。
「会えてよかった」ボクがそう言うと、キミは「うんうん」と頷いた。
「大好きだよ」って何度も言う度、キミは「うんうん」と頷いてくれた。
ボクらはきっと繋がっている。
この空の果てできっと、ずっと繋がっているんだ。
たとえ毎日会えなくたって、ボクはここにいるからね。
キミが毎晩眠りにつくころ、キミのところへ行くからね。
だから、もう泣かないで。ずっと笑っていて、大好きな笑顔のままで。
ボクがそう言うと、キミは「うん、約束するよ」と笑ってくれた。
ボクはとっても嬉しくなって、その場でくるくる回ってみせた——

四月に入り急な花冷えが数日続いた。しかしその後は打って変わって暖かい気候になった。翌月になると空気はさらに暖かさを増し、ここ数日は雨が続いた。

その雨の名残だろうか、今日は一段とむわっとした湿気が身体に纏《まと》わりついていた。

「ちょっと蒸すな……」

顔をしかめながら長い階段を足早に上った。この古びた雑居ビルにエレベーターはない。あるのは階段と、力を込めるとボロリと崩れてしまいそうな頼りない手すりだけだ。そしてこのビル唯一のテナントである事務所は最上階の七階にある。

埃《ほこり》をまき散らしながらリズムよく足を動かし続けること数分。じわりと滲《にじ》んだ汗が滴《しずく》となった頃、すっかり見慣れた扉の前に辿《たど》り着いた。この今にも朽ちそうなビルには不釣り合いな、重厚な木目の扉。そこには『ヒーローズ（株）』と書かれた小さな看板がかかっている。

少し上がった息を整えながら腕時計に目をやると、約束の時刻五分前だった。

「よし！　完璧」

重い扉に手をかけると、ギィ――ッと扉の軋む音が古い廊下に響いた。

「あー修司《しゅうじ》さん、遅いッスよお」

ミヤビは俺を見るなり口を尖《とが》らせて言った。

「えっでも約束まではまだ……」

俺の声を遮るようにミヤビが来客用のソファの方へと顎《あご》をしゃくった。

大きな来客用ソファの背から、小さなおかっぱ頭がはみ出して見えた。

俺は心の中で「しまった」と眉をひそめ客のもとへ急いだ。

「すみません、大変お待たせ致しました！」

俺がソファの前に立つと、その客は飛び上がるように立ち上がった。

「あ、あの、す、すみません、わたし、早く来てしまって……。お、お忙しいそちらのご迷惑も考えずに、あの、本当に申し訳なく……」

凄《すご》い勢いで頭を上下運動させ始めた彼女に驚きつつ、俺も「いえいえ！　こちらこそ、来るのがギリギリになってしまって……」と、同じように頭をペコペコさせた。

彼女の前に置かれた湯呑《ゆのみ》と茶菓子に手がつけられた形跡はなかった。

「ま、とりあえずそれ以上へドバン続けると二人とも倒れちゃうんでえ」

新しいお茶を運んできたミヤビが苦笑いしながら俺たちをソファへと誘《いざな》った。

「って、依頼ってなんッスかあ？」

当然のような顔で俺の横に腰かけたミヤビに、俺は小声で「なんでいるんだよ」と話しかけたが、見事に無視された。

俺のお客さんなのに……。

腑《ふ》に落ちないまま俺も負けじと彼女に話しかけた。

「では改めまして、自己紹介させていただきます。大変申し遅れました。わたくしヒーローズ株式会社の田中《たなか》修司と申します」

俺がソファに座ったまま名刺を差し出すと、彼女は再び勢いよく立ち上がってしまった。

「お、恐れ入ります。わ、わたくしのような者に、名刺など……。わ、わたくし名刺を持っておりませぬゆえ……」

何時代の人だろうか。

ミヤビがフッと吹き出したが、俺はなんとか微笑《ほほえ》みのままで耐えた。

「大丈夫ですよ。あなたのご年齢で名刺を持っていらっしゃる方のほうが珍しいですので。気になさらないでください」

俺は立ち上がって、制服であるらしいセーラー風のワンピースに身を包んだ彼女を再びソファに座らせると、一応ミヤビの紹介もつけ足した。

「こちらも同じく社員のミヤビです。身なりは怪しいですけど、怖くはないですのでご安心ください。僕のサポートをしてくれますので、以後お見知りおきを」

サポートを強調しながらそう言うと、何が可笑《おか》しかったのか、ミヤビがケケッと珍妙な声で笑った。ちなみに今日のミヤビはピチピチのショッキングピンクのTシャツに革のジャンパー、ピチピチの革パンツ、そしてトレードマークの大きなドクロのネックレス。髪の色は所々グリーンに染まっていて、いつも以上にツンツンと立ち上がっていた。

今日のテーマはロッカーかな。それにしても怪しい。怖い人でないのは本当だが、決して怪しくないとはいえない風貌だ。頼むから依頼人の前でそのジャンパーだけは脱がないでいて欲しい。

ソファで身を縮こませている彼女に目をやると、明らかにミヤビから目を逸らしていた。取って食われるとでも思っているのかもしれない。

やっぱりサポートは道野辺《みちのべ》さんにお願いしたらよかった。

俺はミヤビにバレないように小さく溜息をついた。

　小一時間ほどで依頼者は帰った。うちの面談時間としては短いほうだが仕方がない。ほとんど会話にならなかったのだ。

「修司さん、あの制服って桜《さくら》ヶ丘《おか》女学院ッスよお。やっぱ清楚《せいそ》ッスねえ。可愛《かわい》かったッスねえ」

　俺は依頼書を見返しながらミヤビの言葉を聞き流した。

　女子高生……まだ十七歳か。未成年者の依頼を受けるのは初めてだった。依頼者の年齢は問わないとは知っていたが、やはり未成年と契約するなら親の許可だって必要なはずだ。

「あんな娘《むすめ》いいッスよねえ。やっぱ女の子は清楚じゃないとね。自分の娘がギャルとかになったらもうオレ泣いちゃいますよお」

　それにしても、終始恐縮しっぱなしだった。自分で言うのもなんだが、これほど人畜無害な風貌の俺にあれだけ萎縮するようじゃあ、今後業務を続けることが困難だ。思春期の女の子だし、お嬢様女子校だし、男というだけで萎縮してしまうなら女性の社員と交代したほうがいいのかもしれない。

「ウチの娘も大きくなったら桜ヶ丘に入学させよっかなあ」

　でも待てよ、やっぱり俺ではなくミヤビがいたからダメだったのではないか。この男は本当にさっきからうるさ………ん？　今なんて言っ………。

「って、娘⁉」

「へっ？」

「へっ、じゃねえよ！　ミヤビ、娘いたの⁉」

「あれっ？　知らなかったッスかあ？　今五歳ッス。クソ可愛いッスよお」

ミヤビがデレッとした笑顔で携帯の待ち受け画面を見せた。

俺は頭が真っ白になった。

この男に関しては、もう何が起きても驚かないと思っていたのに……。


「世の中、なんて不公平なんだ！！！」

俺は一気に飲み干したビールジョッキを音を立ててテーブルに置いた。

周囲の客がギョッとしたようにこちらに注目した。

「まあまあ、修司くん」

道野辺さんはすかさずお代わりを注文しながら、俺を慰めた。

「ズルい……ズルすぎますよ……。なんだよアイツ……」

「まあまあ、修司くん」

「俺だって結婚したかったのに……婚約までしてたのに……。もし結婚してたら、今頃娘だっていたかもしれないのに……。去年のクリスマスなんて道野辺さんと二人でラーメン食ってたのに……。なのにアイツは超美人の奥さんがいて、超可愛い娘までいて、奥さんは幼馴染で、しかもウチの社長の娘ってそんなドラマみたいな話……！　何なんだよアイツ！　変なドクロつけてるくせに！　アラフォーで金髪で緑の髪のくせにい――!!」

「まあまあ、修司くん。ほら、お代わりが来ましたよ」

いつもの店員が「お待たせ致しましたあ」と元気な声でジョッキを俺の前に置いた。

俺はまたそれをグイッと呷《あお》った。

「道野辺さんも道野辺さんですよ！」

ドン！　とジョッキをテーブルに戻した俺に、道野辺さんがキョトンとした顔を向けた。

「私《わたくし》が何か？」

「どうしてミヤビに子供がいるって教えてくれなかったんですか！」

「それはまあ、一応個人情報ですし……そもそも修司くんも知っているものかと……」

道野辺さんは珍しく苦笑いの様相を見せ言葉を濁した。

「冷たいよ……仲間だと思ってたのに……。冷たいよ……」

「まあまあ、修司くん。ほら、修司くんのお好きなシシャモが来ましたよ」

道野辺さんが俺の前に湯気の上がる皿を押し出した。

「シシャモなんかで………」

俺は炙《あぶ》りたてのシシャモを指で摘まみ、頭からガブリとかじった。

「………旨《うま》い」

大人しくなった俺に、道野辺さんはしてやったりと微笑んだ。

「それにしてもここは穴場ですねえ」

道野辺さんが狭い店内を見まわしながら言った。壁には一面に手書きのお勧めメニューが貼られている。

この店は俺もついこの前、ミヤビに連れられて初めて知った『大漁《たいりょう》』という名の小汚い居酒屋だ。とにかく魚が新鮮で安くて旨い。老紳士の佇《たたず》まいもある道野辺さんにはそぐわない店かと思ったが、思いの外気に入ってもらえたようだ。ただ、高そうなオーダースーツをピシッと着こなして粗末な座布団の上に座っている彼は、やはり少し浮いているようにも見える。心なしかいつも威勢の良い店員さんも、道野辺さんに対しては少し上品に接している気がする。

「お待たせ致しましたあ。森伊蔵《もりいぞう》のロックでございまーす」

そう言ってさっきの店員さんはにっこり笑って道野辺さんの前にグラスを置いた。いつもは「致しました」なんて言わないし、更に「ございます」なんてこの人の口から初めて聞いたぞ。

「焼酎《しょうちゅう》の種類も豊富で素晴らしい」

道野辺さんは焼き物の焼酎グラスを目の高さに持ち上げしげしげと眺めた。

「道野辺さんは焼酎派でしたっけ？」

「私は呑兵衛ですので、焼酎でもワインでも日本酒でも、なんでも美味《おい》しくいただきます」

道野辺さんはグラスを口に運ぶと満足そうに「うむ」と頷いた。

「いいなあ。俺、ビールしか飲めなくて。やっぱ男は酒に詳しいほうがカッコいいですよね」

「詳しくともそうではなくとも、せっかくいただくなら美味しいと思うものを美味しくいただいたほうが良いかと思いますよ。料理も酒も、人の魂と動植物の命が込められているのですからね。贅沢《ぜいたく》なものです」

「そっかあ。そうですよね」

俺は指で摘まんだシシャモを見つめて、先ほどよりはいくらか感謝を込めて、それを頭からかじった。やはりとても旨かった。

「しかし時としては何をいただくかよりも、誰といただくかのほうが重要な意味を持つ場合もあります。そういった意味では今日、修司くんといただく酒はとても美味しく感じられますよ」

道野辺さんの言葉に俺は背中がムズムズし、少しだけ姿勢を正した。

「そんな……。なんか、すみません。変な愚痴《ぐち》ばっか言ってたのに」

ここまで紳士に徹せられると、自分の器の小ささに申し訳なさすら感じてくる。

「若い人の愚痴にはパワーがあります。年寄りにとっては、それさえも輝かしく思えますから。聞いていて楽しいものなのです」

道野辺さんはどこか遠くを見るように微笑んだ。

「年寄りってそんな……！　道野辺さんは年寄りではなく紳士です」

本当は敬意を込めて、紳士の前に「老」をつけようか迷ったが、その敬意は伝わりにくそうに思えたのでやめておいた。

「それはそれは、有り難き幸せ」

微笑みを浮かべたまま背筋を伸ばして焼酎グラスを口に運ぶ道野辺さんは、やっぱり凄くカッコいい紳士だった。

店を出ると、薄い雲で濁った空にはポツポツと星が浮かんでいた。たっぷり三時間くだを巻いたにもかかわらず、時刻はまだ八時前だった。夕刻からゆっくり飲めるのはフレックス制の良いところだ。夜遅い時間だと道野辺さんは「年寄りなもので……」と、なかなか付き合ってくれない。

道野辺さんと並んで軽い世間話などしながら駅を目指し歩いていると、斜め前の人物がふと目に入った。

中年の男が一人、夜道に佇み気難しそうな顔をして携帯電話を覗《のぞ》き込んでいる。携帯操作に悩まされるお父さんか――

俺がそんなことを考えていると、その男が突如、満面の笑みを浮かべた。だらしないほどに目尻《めじり》を下げ、そして、両手を広げその場にしゃがみ込んだ。

あまりに突然だった彼の変化に、俺は驚いて立ち止まった。

すると俺のすぐ横を、年端もいかない女児が走り抜けた。

その子は迷わず、開かれた男の腕の中に、文字通り飛び込んだ。男はそれをしっかと受け止めた。同時にそこから二つの声が溢《あふ》れ出した。細く甲高い子供の笑い声と、太く響く男の笑い声。

今この瞬間、その男の腕の中こそが、世界で一番幸せな場所ではないかと思えるような美しい響きだった。

少し遅れて俺の横を女性が通過した。その女性は「お父さん久しぶりー」と、男に声を掛けた。その女性の風貌は男とちっとも似ていなかったが、不思議なことにどこか男と似た空気を纏っていた。男はだらしなく崩れた笑顔のままで、女性に「おお、元気か」と短くも優しい言葉を投げかけた。

男は女児の頭を撫でながらゆっくり立ち上がると、その幼い手を取り、まだまだ小さい歩幅に合わせるように、そっと足を踏み出した。

それはまるで、雲の上を歩いているような足取りだった。

「孫と久しぶりの再会ですかね」

俺は彼らに聞こえないよう小さめの声で、隣に立つ道野辺さんに話しかけた。

道野辺さんは無言で眼鏡《めがね》を持ち上げた。そして、右の目元を人さし指でそっと拭《ぬぐ》った。

「いやはや……最近めっきり涙もろくなって」

少し驚いた俺に対し、「歳のせいですねえ」と取り繕《つくろ》うような笑みを見せた道野辺さんは、まるで俺の視線を避けるかのようにして足早に歩きだした。俺は慌てて道野辺さんのピンと伸びた背筋を追いかけた。

今日は昨日より空気がカラッとしていた。ようやく初夏らしい雰囲気を持ち始めた太陽に、清々しい気分で長い階段を駆け上がった。

「十一時四十分。これならいいだろ！」

肩で息をしながら腕時計を確認した。約束の時刻は十二時だ。

息を整え、見慣れた重い扉に手をかけた。

「おはようございまーす」

「修司さん」

目の前にミヤビがいた。

「ミヤビ、おはよう」

「修司さん」

ミヤビは物言いたげな視線を来客用ソファへ送った。

「……………まさか」

大きな来客用ソファの背もたれからは、小さなおかっぱ頭が覗いていた。

「一条《いちじょう》桜子《さくらこ》さん」

俺が後ろから声を掛けると、彼女はビクッと肩を竦《すく》め勢いよく立ち上がった。

「すっ、すみません、すみません！ 今日は時間通りに来ようと思ったのですが、念のために一時間前に着いてしまいまして、ビルの下で待っておりましたところ、ミヤビ様がお声をお掛けくださりますって……」

もう日本語がめちゃくちゃだ。またもや凄い勢いで頭を上下運動させている。頸椎《けいつい》を痛めるのではないかと心配になるほどだ。

「大丈夫です。大丈夫ですから、とにかくソファにお掛けください」

「いえ！ 約束をしたにもかかわらず、こんなに早い時間からここに座っているなど、もう、申し訳なくって……！」

驚いたことに彼女の声が震えだした。あっという間もなく、目には涙が溜まってきた。

マジか！ 俺は心の中で叫んだ。

「だ、大丈夫です！ 僕も、僕も座りますから。一緒にソファに掛けましょう、ね」

焦った俺は、なんとか落ち着かせようと彼女の震える肩に手を添えた。

「……なーにやってんスかあ」

振り向くと、茶の載った盆を持ったミヤビが、俺にじっとりとした眼差しを向けていた。

「いや、ミヤビ……」

「あっ！　泣いてる！」

ミヤビが依頼者と俺を交互に見た。

「違う！」

「泣いてるう！」

ミヤビが器用に片手で盆を持ち、依頼者と俺を交互に指差した。

「馬鹿、指差すな！　違う！」

「修司さんが女子高生泣かせたあ！」

「泣かせてねえっ！」

大声を出した俺と同時に、彼女が「うっ」と嗚咽《おえつ》を漏らした。

「わ、わたしが悪いんです……わたし、がっ……、全部……すっ、すみません……！」

彼女はおうっおうっとオットセイのような嗚咽を漏らしながら両手で顔を覆ってしまった。もはや号泣だ。

「修司さーん……何やってんスかあー」

ミヤビが軽蔑の眼差しを俺に向けた。

「俺じゃねーよお……」

俺のほうが泣きたい気持ちで途方に暮れていると、後ろからポンポンと肩を叩《たた》かれた。

振り向くと、社長がニッコリと笑みを携え立っていた。

依頼人、一条桜子。桜ヶ丘女学院高等学校に通う二年生。名前から察する通り、名家のお嬢さま。実家は代々病院を経営している。

「俺、マジでクビ切られるかと思ったよ……」

依頼人と面会をするための古い事務所とは打って変わって、ピカピカの三十二階建ての本社ビル、その三十階にある食堂で俺とミヤビは並んで昼食を取っていた。

ミヤビはお気に入りの納豆カレーを食べている。俺はなんとなく食欲が湧かず、温かいかけそばをすすっていた。

「マジ災難っしたねえ。はい、これプレゼント」

そう言いながらミヤビは温泉卵を一つ、つるんとかけそばの丼の中へ落とした。

「ありがと……。てか、半分はミヤビのせいだからな」

恨みがましく睨んだ俺に、ミヤビは「なんでッスかあ?」とポカンとした。

「ミヤビが泣かした泣かしたって騒ぐから、余計泣いちゃったんだよ」

「だってー、ビックリしたんスよお」

ミヤビは悪びれる様子もなくケラケラ笑った。

「俺なんてもっとビックリしたよ！」

「修司さん、堅いんスよ、雰囲気が。もっとフランクに行かなきゃ。相手はJK《女子高生》なんスから。むさくるしい大人の男が真面目に向き合っても怖いだけっしょ？」

むさくるしいは余計だろう。

「俺これでもけっこう女の人からは優しそうって言われるんだから。ミヤビのほうがよっぽど怖そうじゃん」

「でも、オレの時は泣かずにソファに座ってたッスよ」

それはそうだ。こんなに怪しい見た目のミヤビには泣かなかったのに。促されて事務所に入って大人しくソファに座っていたのに、俺と向き合ってから泣き始めたんだ。

「……なんか、自信なくなってきた……」

「でもま、そのクソ真面目なお堅さが修司さんの売りじゃないッスかあ」

ミヤビは無責任にそう言うとカレーを頬張《ほおば》った。

「そんな売り嫌だよ……。どうしたらもっと軽くなれるんだろう……」

「えー、もしや修司さん、オレに憧れてるんスかあー」

ケラケラ笑うミヤビを無視して、俺はそばをすすった。

一条桜子は現在、俺に代わり社長が面談をしている。社長はあの桜子とどうやってコミュニケーションを取るのだろう。許されるなら隠れて見ていたかったが、「昼食を食べておいで」と追い出されてしまった。俺のことは顔を見ただけで泣きだしたのに、小太りのおっさんと事務所で二人きりになるのは平気なのだろうか。それはそれで、なんだかショックだ。

「でもさ、結局依頼は昨日言ってたことなんだよねえ？」

昨日、一条桜子が事務所に来た際、なんとか聞き取れた依頼内容は「自分の夢を両親に許してもらえるよう説得して欲しい」ということだけだった。

「結局桜子ちゃんの将来の夢って何なんでしょうね？」

「それを多分社長が聞いてくれてるはずだけど、それにしてもあの様子じゃあ、てこずってるんじゃないかなあ」

俺は温泉卵を割り溶かし、丼を両手で持ち上げるとそばの汁をすすった。社内の空調が効きすぎているのか少々冷えた身体と心が、芯《しん》から温まった気がした。

「社長、ご迷惑をお掛けしました」

本社の最上階にある社長室に呼び出された俺は、深々と頭を下げた。

「いやいや。シャイな子だったけど、大丈夫だったよ」

「あの後、泣きませんでしたか？」

一抹《いちまつ》の期待、のようなものを込めて聞いたが、社長は「いいや、ちっとも」とかぶりを振った。

やっぱり俺にだけ……。俺は更にショックを受けた。

「それで、依頼はどうなったんスかあ？」

なぜかついてきたミヤビが横から口を挟んだ。

「それが、困ったことになったんだよねえ」

社長が気弱な発言をするなんて珍しい。俺とミヤビは顔を見合わせた。彼女が描くのはよっぽど奇異な夢なのだろうか。

「と、言いますと？」

俺が尋ねると、社長は「うーん」と唸《うな》りながら、たっぷりとした顎を何度かさすった。

「彼女ね、将来なりたいものがあるんだって」

「はい」

「その為の勉強をすることを親に認めて欲しいって」

俺とミヤビは再び顔を見合わせた。

「勉強……ですか？　予備校に通いたいとかでしょうか」

「予備校にはもう通ってるんだけど、いや、受験先がねえ、遠いんだよね」

「と、言いますと？」

俺は続きを急かした。

「北海道《ほっかいどう》」

「ほっかいどう……」

ミヤビがバカみたいな声で呟《つぶや》いた。

「行きたいんだって。北海道大学」

「北海道大学……。どうしてまた」

社長は顎をさすったまま、「うーん」と首を捻《ひね》った。

「それが恥ずかしがってはっきり言ってくれなかったんだよね」

「北海道……」

北海道に特化したことってなんだ……。俺が考えを巡らせていると、社長は「ふうーん」と特徴的な溜息をついた。

「それより、もっと困ったことになってるんだよ」

「と、言いますとー？」

ミヤビが俺の真似をして言った。

「要するにさ、北海道大学を受験するってことをご両親に許可して欲しいってんだ。でもご両親は許可しないだろうって。だからうちに依頼しに来たわけ。でも未成年の依頼を受けるには保護者の許可がいるんだよ。親を説得する許可を、親から貰《もら》わなきゃ僕らは依頼を受けられないんだ」

「ハア……」

ミヤビがなんとも気の抜けた声を発した。混乱しているのだろう。俺もしている。

「つまり、親を説得する手伝いをするには、その手伝いをしてもいいですよ、という許可を親自身からいただかないといけない、と」

俺の言葉に社長が深く頷いた。

「ね、ややこしいでしょ？」

「そうですね……。既に頭がこんがらがっています」

「ま、そういうことだから、ね」

　一転、社長が笑顔で俺の肩にポンと手を置いた。

「え？」

　そしてその手にグッと力を入れた。

「彼女、今日の三時にこっちの本社まで来てくれるから。修司くん、あとはよろしくね」

「ええっ？」

「頑張ってくださいねー」

　いや、お前は俺のサポートをしてくれるんじゃなかったのかよ。

　無責任にヘラヘラ笑うミヤビをジロリと睨みつけた。

　北海道大学……。家は代々医者の家系。ご両親は反対……。

　要するに、ご両親の中では娘の将来に対する希望があるということだ。やはり医大に行かせたいのだろうか。北海道大学には医学部とかないのかな。

「ですが、社長」

　意を決して呼びかけた俺に、社長は「なあに？」とのんびり答えた。

「僕は桜子さんに嫌われていると言いますか……どうやら苦手とされていると言いま

すか……。僕よりもこの案件に相応《ふさわ》しい人物がいるのではないかと……」

社長はふんふんと相槌《あいづち》を打ち、「なるほどね」とニッコリ笑った。

「修司くんの悪い癖だよ。できないことばっかり先に数えちゃうの。ま、良く言えば危機管理能力が高いんだけどさ。でも人って脆《もろ》いから、先にできないことばっかり数えちゃうと怖くなっちゃうでしょ？　そんなの楽しくないじゃない」

「しかし、もし僕がこの案件に失敗したら、恐らく会社には大した収益が入りませんよね……？　それなら少しでも成功する可能性が高いほうが、会社の為には……」

社長はハッハッハと声を出して笑った。

「修司くんって、やっぱりうちには珍しいタイプだよね。そういった反応は新鮮だよ」

そして貫禄ある体をゆさゆさ揺らしながら俺に近づいた。

「修司くんには、聞こえなかった？」

「え……？」

更に顔を近づけ、社長は静かに言った。

「彼女の声が」

「あ、確かに小さい声でしたけど……」

社長はまた「ハハハ」と笑った。

「そうじゃなくって」

「……すみません、どういう意味でしょうか」

意味がわからず恐縮する俺に、社長はボリュームのある両頬をニンマリと上げた。

「僕には聞こえたんだけどな」

そして俺の目をじっと見つめた。

「彼女が助けを求めている声」

約束の三時まであと二時間ある。それまでになんとかしよう。まず、何はともあれ彼女とコミュニケーションを取れるようにならなくては。こういう時に頼れるのはやっぱりコミュニケーション能力の塊であるミヤビだ。

「ねえ、ミヤビ。悪いけど手伝ってよ。あと二時間しかないよ。俺、どうしたら彼女とちゃんと話せるようになるかな」

「あと一時間の間違いじゃないッスか？」

俺は腕時計を見直した。

「いや、まだ一時過ぎだよ。あと二時間弱はある」

「予定時刻は三時～♪　じゃなくって、たぶん二時になるッスよ」

どこかで聞いたようなメロディに乗せ、ミヤビが歌った。

そうだ……。忘れていた。彼女は待ち合わせの一時間前に来てしまう人だった。

「あと一時間……もない……」

俺は文字通り頭を抱えた。

ミヤビの予言通り、一条桜子は二時ぴったりに本社ビルへ来た。

正確には本社前をウロウロしているところを、ミヤビの妻であり、社長の娘でもあり、かつ本社受付でもある佐和野祥子《さわのしょうこ》さんに〝保護〟されたらしい。佐和野さんは「まるで野良猫を保護した気分でした」と涼しい顔で笑った。

いざ、二度目の面談に挑め！ と、俺は桜子の待つ会議室へ向かった。

会議室の扉を開けると、彼女はもうすでに涙目で俺を待っていた。

「すっ、すみません！ すみません……！」

「桜子さん」

「本当に……空気が読めず……。申し訳なく……」

「桜子さん」

俺が何度か呼びかけると、彼女は頭を下げたまま消え入りそうな声で「はい……」と呟いた。

「僕もですよ」

桜子がゆっくり顔を上げた。

「僕も大事な予定の前はいつも落ち着かなくって。何かトラブルがあって遅れたらどうしようといつも早めに着いてしまうんです。性分ですかねえ。でも遅刻するよりよっぽど良いことだと思いませんか？」

桜子は茫然《ぼうぜん》と俺を見つめていた。

上手《うま》くいった！

ミヤビ、上手くいったぞ！

俺は心の中でガッツポーズを作った。

さっきミヤビにアドバイスされたこと。
一、声のトーンを少し上げ、優しくゆっくり話せ！
一、下の名前で呼びかけて親近感を出せ！
一、常に微笑みを絶やすな！
一、何を言われても一度相手の気持ちに共感しろ！
ミヤビ相手にみっちり一時間練習したんだ。話し方、声のトーン、柔らかい表情、ついでに最近の女子高生に流行《はや》っていることも、散々頭に詰め込んだ。

俺は立ちっぱなしの彼女の後ろにまわって椅子を引いた。

「さ、座りましょう。そしてこれからどうすべきかゆっくりお話ししましょう」

彼女はコクリと頷いて椅子にペタンと座った。

俺はいくらかホッとして、彼女の前の席に座ると「さて……」と改めて彼女の顔を見た。そして、ギョッとした。

彼女の目からポロポロと大粒の涙がとめどなく溢れていた。

「え……と……」

彼女は涙を拭うこともせず、ひっくひっくとしゃくり上げだした。

どうして……。どうしてこうなるんだろう。

俺は泣きたくなるのを堪えて、彼女にわからないようテーブル下で携帯を操作した。

それから数秒後――

「呼ばれて飛び出せジャジャジャジャーン！」

何やら色々両手に抱えたミヤビが参上した。

ミヤビの馬鹿みたいな笑顔がこの時ばかりは天使に見えた。

「ミヤビぃ……」

ボロボロ泣いている桜子と、今にも泣きだしそうな俺を見て、ミヤビはケラケラ声を上げて笑った。

「さくらっち、甘いもの好きッスかあ？」

テーブルの上にバラバラと色とりどりのチョコレートをまき散らし、ミヤビが言った。

桜子は涙を拭いながらコクリと頷いた。

「アイスティーは？　ミルクとレモンとストレート」

桜子の前に三つのペットボトルを並べながらミヤビは歯を見せて笑った。

桜子はしばらく考えた後、恐る恐る「ミルクティー……」と、小川のせせらぎほどの声で囁《ささや》いた。

「どぞ！　俺レモンー。はい、修司さんはストレートね！」

俺に選択の余地はないらしい。

「ありがとう」

苦笑いでそれを受け取ると、桜子のほうから消え入りそうな声で「ありがとうございます……」と聞こえた。

ミヤビは嬉《うれ》しそうに笑って「どういたしましてー」と小首を傾げてみせた。

可愛い子ぶっちゃって。

俺は苦々しい思いでいつも以上に猫を被っているミヤビを見ていたが、桜子はいつの間にやらすっかり泣きやんでいた。

「いっぱい新作でてたんスよねー。ほら、コレとかコレとか……さくらっち、チョコは何味がいちばん好きッスかあ？　俺、ビター苦手なんスよお。なんか苦くないッスかあ？」

そりゃ、ビターって言うくらいだからな。

当たり前のツッコミを脳内でしながら、俺は少し俯瞰《ふかん》で二人の様子を眺めた。

「わたしは……」

桜子は俺たちから視線を逸らしながらも、しばらくテーブルの上に散らばったチョコを興味深そうに眺めていた。そして何かを見つけて「あっ……！」と小さな声を漏らした。

「コレ―――――！！！！」

突然のミヤビの叫びに俺のほうが驚いて飛び上がりそうになった。

「何⁉ 急に！」

ミヤビは俺を無視して桜子に話し続けた。

「コレっしょ⁉ つぶつぶいちごのふんわりコーデ！」

ミヤビはチョコの山からピンク色の包みを摘まみ出し、桜子の前にずいっと押し出した。驚いた顔をしていた桜子の相好《そうごう》が崩れた。無言のまま、しかし確かにはにかむように口の両端を高く結びコクリと頷いた。彼女の目が細くなるのを、初めて見た。

「ちょーうウマいんスよねえー！ ふんわりコーデシリーズ！ イチゴっスよー待望

のイチゴ！　しかもつぶつぶ！」

驚いたことに彼女は笑った。俯《うつむ》いたままではあったが、軽く握った手を口に当て、確かに「ふふっ」と息を漏らした。

その後、ミヤビはなんと二十分もの間、お菓子トークを続けた。どこで仕入れたのかわからない豆知識から、新作情報、昔好きだったお菓子の話。リズムよく話す合間に桜子に質問を振り、桜子から小さなリアクションが返る度に、更に十倍ほどのリアクションを返してみせた。時たま思い出したように俺にも話を振ってくるので、俺もさほど詳しくないお菓子の話に、さも興味ありげに食いついてみせるフリをした。

たまには俺もチャレンジしてみようと、先ほど頭に詰め込んだ『最近の流行り』らしい話を桜子に振ってみた。が、反応は芳《かんば》しくなく、ほとほと話題に困った俺は、高校生に人気がある漫画家の東條《とうじょう》先生はミルクせんべいが大好きだという話なども した。だが桜子は東條先生の漫画もミルクせんべいも知らず、キョトンとさせてしまうだけだった。

次にミヤビは自分の好きなものの話を始めた。まずは家族の話。娘の話を少しだけした後、続けて漫画、ゲーム、ドラマ、芸能人、ファッション。ファッションのくだりで、俺が「おかっぱって流行ってるんですか？」と桜子に訊《き》くと、ミヤビにもの凄く呆《あき》れた顔で見られた。

「いやいや、おかっぱって……！ JKに対しておかっぱって！」

「えっ………」

「ボブって言ってくださいよお。頼みますよマジで！ 昭和かよ！」

「いや、俺はギリギリ平成だよ！ 昭和はお前だろ！」

「ふふっ」

　桜子が再び遠慮がちに笑った。俺とミヤビは「してやったり」と顔を見合わせ、引き続き高校生が好きそうな話題を、お菓子を食べながらダラダラと続けた。桜子の口元からは緊張が消え、徐々に笑みが零《こぼ》れるようになった。相変わらず小声だが、少しずつ単語以上の言葉も出るようになった。俺とは一度も視線が合わないままだが、ミヤビの顔はチラチラと見るようになっていた。会議室がまるで放課後の教室になったような錯覚がしてきた辺りで、俺は少々不安になりだした。

　この話、一体いつまで続けるのだろう。このままでは本題に入れない。ちらりと腕時計に目をやると、時間は本来の待ち合わせ時刻であった三時まであと五分に迫っていた。約一時間も雑談していたことになる。このままでは、結局なんの問題も解決しないのではないか。そう思った俺は意を決して切りだした。

「そういえば、この会社はどうやって見つけてくれたんですか？」

にこやかだった桜子の空気が一変した。

桜子は再び視線を落とし、黙ってしまった。

早まったか……？　そう思ったが後の祭りだった。

桜子は無言のまま、隣の椅子に置いていた通学鞄を膝の上に乗せた。

まさか、帰ってしまうのか――。そう危惧《きぐ》した俺には視線を向けず、桜子は鞄の中に手を入れ、何かを取り出した。

そして「これ……」と消え入るような声で、一枚のチラシをテーブルの上におずおずと差し出した。

「これって……？」

そのチラシには『ヒーローズ株式会社』という社名と、きめ細かな業務内容が記載されていた。まるで大手企業が気合いを入れて作った広告のように、見るものを信用させるには充分な出来だった。

「えっ、うち、こんな広告作ってたっけ……？」

と、突然右足に激痛が走った。

「いったー！」

大声を上げた俺に、桜子がビクッと身を竦めた。

「あっれー。どうしたんッスかあ、修司さん。腰痛⁉ 歳ッスねー」

この野郎……。テーブル下で、尖《とん》がりブーツに思いっきり蹴られた脛《すね》をさすり、ミヤビを横目で睨《にら》んだ。

「なるほどー！ これ見て来てくれたんスねー」

素知らぬ顔で満面の笑みを浮かべるミヤビを、さっき一瞬でも天使と思ってしまったことを悔いた。

「安心してください！ ウチ、この広告通りの優良な企業なんでー」

桜子は俺たちの水面下でのやり取りに不思議そうな顔をしながらも「はい……」と蚊の鳴くような声で答えてくれた。

ようやく依頼に繋がる話題になってきた。その広告が気になった俺は、テーブルに手を伸ばした。

「ちょっとそれ見せてくだ……うっ」

今度はつま先をブーツの踵《かかと》で踏まれた。俺は仕方なく出した手を引っ込めた。

桜子は少し怪訝《けげん》な顔をしてから、やはり黙ったまま俯いた。

「さくらっち」

ミヤビが優しく呼びかけた。

「オレらでできることがあったらいくらでも力になるッス。約束します。このオッサン、クソ真面目な顔してるけど、全然怖くないんで、大丈夫ッスよ」

俺……？　怖いのは俺なの⁉　俺の投げかけた抗議の視線に気づかないフリをして、ミヤビは飄々《ひょうひょう》と話し続けた。

「さくらっち、この会社のＨＰ《ホームページ》とか見ました？」

桜子は無言で頷いた。

「それならよく来てくれたッスねー。この広告の後にＨＰ見たら、ぶっちゃけ怪しさ満載だったっしょ？」

確かに、この詳細かつ丁寧な情報が記載された広告と同じ会社とは思えないほど、やる気のない、いいかげんなＨＰだ。『ヒーローになりたい人お手伝いします』としか書いていないし、それ以外には事務所の住所と電話番号くらいの記載しかない。怪しさ満載だ。けど、それを社員が言うなよ。

桜子は少し考えた後、口を開いた。

「名前が……」

「名前？」

俺とミヤビがハモった。

「名前が……似てたから………」

俺とミヤビは顔を見合わせた。

「似てたから………。ヒ……、ヒロに………」

言い終わらないうちに桜子の目から涙が零れた。そして堰《せき》を切ったように声を上げて泣きだした。

俺とミヤビは視線を合わせ、そのまま黙って彼女が泣きやむのを待った。


たっぷり十分ほど泣き続けた後、桜子はようやく涙を拭い始めた。

「ご、ごめんなさい……」

「ヒロが、ここに行けって言ってるような気がしたんです……。だから、怖かったけど……勇気を出して電話して……。そしたら凄く優しそうな、おじいちゃんみたいな人が電話に出てくれて……」

なるほど、道野辺さんのことか。

「だから行ってみようって……。そしたら、来たのは違う若い男性だったので……すごく緊張してしまって……」

ミヤビが持ってきたティッシュで洟《はな》をかみながら、桜子は話を続けた。

「わたし、凄い人見知りで……。ちゃんとしゃべらなきゃって思うと緊張して……早口になって、言葉遣いがおかしくなってしまうんです……。それが恥ずかしくて……結局しゃべれなくなっちゃうんです……」

そうか。確かに初めの頃、言葉遣いがおかしなことになっていた。本人も気にしていたんだな。

「田中さんは真面目そうな人だったから、きっとお父さんみたいに〝きちんとした人〟なんだって。だから余計にちゃんとしなきゃって思って、緊張して……」

「だからオレには結構平気だったんッスねー」

ミヤビが横から口を挟んだ。確かに。どこからどう見てもミヤビは〝きちんとした人〟には見えない。

「わたしの父は昔から『お前は何をするにも人の三倍時間がかかる』って……。だから、待ち合わせには一時間前に着くように家を出なきゃ落ち着かなくって。でもそれが却って迷惑をかけてしまって、もう訳がわからなくなって……」

「お父さん、厳しいんスか？」

ミヤビの言葉に桜子は深く頷いた。

「父は、私を近所の短大に進学させたいんです。そしてお見合いさせて、卒業と同時に結婚して、その人を婿養子《むこようし》にして病院を継がせたいんです」

「なんともまあ時代錯誤な話ッスねー」

ミヤビは溜息をついた。

「今度学校で三者面談もあるし……。それまでになんとかしたいけど、でも父に北海道大学に行きたいなんて言えなくて……」

「そもそもどうして北海道大学にこだわるのですか？」

俺の質問に、桜子はグッと唇を結ぶと初めて力強い声を出した。

「ヒロと約束したんです。わたし、獣医になるって。どうしても獣医になりたいんです。その為に北海道大学に行きたいんです。お願いします。どうか、わたしを獣医というヒーローにしてください……！」

桜子が頭を下げた。

なるほど、獣医に。そうか、話はよくわかった。ところで……。

「さくらっち……。話の腰折っちゃうんスけど……」

ミヤビが優しく話しかけると、桜子はゆっくり頭を上げた。

「……ヒロって誰ッスか？」

そう。それなんだよ。さっきから凄いキーパーソンっぽいんだけど、それがわからないから話が読めないんだ。

桜子はハッとしたような表情を浮かべると、少し頰を赤らめ俯いた。

「彼氏……とか、ですかね？」

俺の問いに驚いたように頭をブンブン振ると、少し黙った後、ゆっくり視線を上げた。

そしてはにかむように言った。

「犬です。雑種の」

言うや否や、桜子はまた少し涙目になっていた。

「わたしの人生で、一番大切なものだったの……」

もう出尽くしたように思えた涙が、また一粒、桜子の頰を伝った。

桜子を見送った後の会議室で、俺とミヤビは伸びをしながらふうーっと大きな溜息をついた。

「ヒロでヒーローズかあ……。似てるっちゃあ、似てるのかな」

「そうッスねー。まあこじつけ感ハンパないッスけど、こじつけでも何でもとにかくヒロにまつわるものにすがりたかったんじゃないッスかねえ。それだけ追い詰められてたんスよ」

俺たちはテーブルに散らばった、主にミヤビが食べ尽くしたお菓子のゴミを、ゴミ袋に拾い集めていた。

「大事なヒロが死んじゃったことで、桜子ちゃんは動物を救う獣医さんになりたい、と。それで北海道大学か」

「北海道ねえ……」

ミヤビがポツリと呟いた。

「大学については調べてみるよ。自宅から通える圏内にも獣医になれる大学はあるかもしれないし。話を聞く限りその路線も考えたほうがよさそうだ」

俺は床に這《は》うような体勢で言った。お菓子のゴミは床にまで散らばっていた。散らかしたのはもちろんミヤビだ。散らかしすぎだ。

「お父さんがネックだよねえ……」

床に膝立ちするように顔を上げると、ミヤビは足を組んで椅子に座っていた。

コイツは……。

「相当だと思いますよ。だって、漫画とかドラマとか全然知らなかったっしょ」

「ああ、そういえば」

彼女は最近の流行りや、ミヤビが振った話題の数々にも相当疎《うと》いようだった。

「ＪＫッスよ。普通、もうちょっと知ってますよ。よっぽど親が厳しいんスよ。テレビも見なけりゃ、好きなタレントも、好きな服屋のひとつもない。聴く音楽はクラシックのみ。別に悪いことじゃないッスけど、ちょっと極端スよ」

俺はゴミがもうないことを確認すると立ち上がり、次はテーブルの書類を集めた。

「そういうこと確かめるために、色々話題振ってたんだね」

「当たり前じゃないッスかあ。相手を知るのは面談の基本ッスよ。何のために一時間も雑談したと思ってるんスかあ。ちゃんと考えてたのに、修司さん急に依頼の話ぶっ込んでくるし、その上せっかく持ってきてくれた広告疑いだすしー」

ミヤビは残っていたレモンティーを飲みながら、残っていたチョコの包みを開けてポイッとテーブル上に捨てた。

「ご、ごめん……」

この状況で謝るのはなんとも腑に落ちない。

俺はミヤビの捨てたチョコの包みをグシャッと拾うと、ゴミ袋に投げ捨てた。

「でも、だってそれは……。って、そうだ！　ミヤビ俺の足蹴っただろ！　その後踏んだし！」

俺がミヤビを指差すと、ミヤビはやっぱり悪びれる様子なく「それは修司さんが余計なことしようとするからー」と笑った。

「だって！ だってこの広告、ほんとにウチが作ったものだと思う？」

俺は重ねた書類の一番上から、さっき桜子が見せてくれた広告のコピーを手に取りミヤビにかざした。

「いや、違うっしょ」

「やっぱ違うよね⁉ こんな気合いの入った広告この会社が作ると思えないし」

俺は再びその広告を隅から隅まで見直した。見れば見るほど、その詳細さにうちの公式物ではないと確信が持てた。

「どうする？ 勝手に誰かに作られてるなら社長に報告しないと」

「ま、いいように書いてくれてるし、いいんじゃないッスかあ」

ミヤビはもうドアを開け、部屋を出ようとしていた。

「ダメだよ！」

俺は慌ててミヤビの後を追った。

「悪意はないっぽかったし、大丈夫ッスよー」

「ダメだって！　後で報告しとくよ」

「真面目ッスねー。じゃあ、任せまーす」

お前が不真面目なんだよ。まったく、うちの社員は揃《そろ》いも揃ってクセのある人ばっかりで……。そんなことを考えているとふと気づいた。

もしかして、そんな会社に目をつけられた俺もクセが強いのかもしれない。

今回は依頼者まで泣かせてしまったし、実は自分が気づいてないだけで相当クセの強い人間なんじゃ……

「あー修司さん。また何かややこしいこと考えてるっしょ」

急にミヤビに振り返られ、俺は慌ててそれを否定した。

「えっ！　いや、考えてないけど。考えてないけどさあ……」

「さあ……なんスか？」

ミヤビは片眉を上げて俺を見た。

「やっぱ俺、女子高生向いてないのかなあ……。そもそも女子高生なんてトラウマしかないしさ……。そうだよ、元はと言えば女子高生に痴漢に間違われたことから俺の人生は狂い初めて……」

「すとーっぷ！」

ミヤビが手を俺の前にかざした。

「それ話し始めたら修司さんめっちゃ暗くなるんで！　やめましょ！　もう過去は振り返らない！　セイ、ハイ！」

「もう過去は振り返らない……？」

「だあっ！　疑問形にしない！」

ミヤビは俺の手から公式のものではないその広告を取り上げるとクルクル丸め、それで俺の肩をポンと叩いた。

「ま、詳細もわかったことですし、とりあえず動きますかー」

その二日後、桜子と三度目の面談を行った。今回は契約を交わすかどうかを最終的に決める大事な面談だ。

「保護者の許可が必要……」

先日と同じ会議室で、やはり一時間前にやってきた桜子は、俺の言葉を復唱した。

「そう。原則十六歳以上であれば契約はしていただけますし、桜子さんは十七歳になっておられるのでそこは問題ないのですが、未成年者と契約を交わすには保護者の許可が必要なのです。金銭のやり取りが発生しますのでどうしても。要するに、ご両親に内緒のままでは、僕らはあなたの依頼を受けることができないのです」

「そうなのですね……」

桜子は落胆したように俯いた。

「でもあなたの依頼はそもそも『両親を説得する』というところから始まりますからね。それで、色々方法を考えてみたんですけど……」

俺は桜子の前に一枚の書類を差し出した。

「代理依頼を受けるのはどうかなって」

「代理依頼を受ける？」

桜子は書類に目を落とし、言った。

「この仕事って、依頼者が必ずしも本人である必要はないのですよ。例えばタレントさんのマネージャーが『このタレントをヒーローにしてくれ』って依頼をするとか。潰れそうな飲食店の常連客が『この店を潰したくないから店ごとヒーローにしてくれ』って依頼を出したり。それもアリなんです。それなら他に依頼者を立てることで『一条桜子を獣医というヒーローにする』という依頼を、僕らは受けることができる」

桜子は真剣な表情で頷いた。俺はテーブルの書類を示しながら説明した。

「その際必要な手続きは〝依頼内容〟に該当する人物・経営物、所持物等の保持者に対する意思確認。すなわち、今回は依頼内容である桜子さん、あなたに対する意思確認。それに伴う書類作成。つまり『ヒーロー』にされる張本人であるあなたは、『この依頼内容を承諾しますよ』って書類に判を捺《お》すだけでいいんです」

「あ、ハンコなければ拇印《ぼいん》でもいいッスよ」

黙って聞いていたミヤビが右手の親指を立ててみせた。

「代理依頼……」

桜子は書類をじっと見つめて呟いた。

「契約料なんかは桜子さんが依頼人に渡して、その依頼人が我々に支払う形でも特に問題はないですよ。誰かいないですか？　味方になってくれそうな大人」

「味方になってくれそうな大人……」

桜子は俯いたまま眉根を寄せた。

「桜子さん側で見つけてもらえるのが一番良い形ではありますが、どうしてもいない場合は奥の手を使うことになりますかね」

「奥の手？」

桜子が俺をチラリと見た。

「そう、奥の手」

桜子は再びしばし考えを巡らせるように黙ったが、思い当たる節がなかったのか首を傾げながら口を開いた。

「いない……です。そんなこと頼める大人なんて……。ごめんなさい……」

予想通りの答えだった。

「そうですか。それでは……」

視界の隅でミヤビがニヤリと笑ったのが見えた。

「依頼人はこちらで用意します。それでよろしいですね」

桜子は神妙な面持《おもも》ちで「はい、お願いします」と頷いた。

「では、こちらの代理依頼受諾書に目を通していただき、サインと捺印《なついん》を」

俺はテーブルの上にあった朱肉の蓋を開けた。

「あっ拇印でいいッスよー」

ミヤビが再び親指を立てた。

「あ、はい。……ええと、親指で……?」

「何指でも」

「はい……」

桜子は緊張した面持ちで書類に目を通すと、サインの横に親指を押しつけた。

「ご契約ありがとうございます。それでは一条桜子さん、僕があなたを獣医というヒーローにして差し上げましょう」

ニッコリ笑った俺に、桜子は少々不安そうに「お願いします……」と頭を下げた。

梅雨前の太陽のカラ元気なのか、相変わらず暑いくらいの日々が続いていた。

「修司くん」

本社の玄関を出たところで、後ろから声を掛けてきたのは道野辺さんだった。

「今から一条さんにお会いになるのですか？」

「はい。もう連日立て続けですよ。次の三者面談までに進路を決めなくちゃいけないんで、結構急ぎなんです」

俺は歩みを止めて言った。

「きっと上手くいきますよ」

「ですかねえ……。俺、女子高生苦手なんですよねえ……」

苦笑いを浮かべながら、俺はふと疑問に思った。

「そういえば、どうして道野辺さんがそのまま依頼を受けなかったんですか？」

「どうして、とは？」

道野辺さんが小首を傾げた。

「だって、最初の電話を取ったのも道野辺さんだし。依頼者は道野辺さんの人柄を信頼してそうだし、どうして俺に依頼を振ったのかなって」

道野辺さんは優しく微笑んだ。

「歳の近い修司くんが適任だと思ったのですよ。それに……、家族の案件は、私が扱ってよいものではないですからね」

俺は一瞬で道野辺さんの過去を思い出した。

「そんなことありません……！」

道野辺さんは俺の言葉にゆっくりとかぶりを振った。その表情は切なかった。

「修司くんならできますよ。大丈夫です」

俺はそれ以上何も言えず、ただ「頑張ります」とだけ残し、立ち去った。

「あの……、わたしの依頼人になってくれた人とは、どなたでしょうか」

事務所の近くにある古い喫茶店で、桜子が口を開いた。

ここは人も少なく死角になる席が多いため、密談するにはもってこいの店だ。マスターに頼めばバックミュージックを静かなクラシックから、少しボリュームを上げたジャズ音楽にも変更してくれる。

「それは、企業秘密です」

桜子は前回よりも少し俺に慣れてくれたらしく、なんとか会話は成立していた。

「でも、その方に契約料をお支払いしないと……。お年玉を貯めていたので、口座には一応まとまった額が……。それで足りるかと思うのですが」

「その話はまあ、もう少し問題が片づいてからでも遅くはないでしょう。依頼人もそうおっしゃっていましたよ」

桜子は腑に落ちない様子ではあったが、一応「はい……」と返事をすると、コーヒーカップに手をかけた。マスター拘《こだわ》りのブルーマウンテン。同じタイミングで、俺もゆっくりとコーヒーをすすった。

「わたし、受験勉強しながらお金も貯めます」

カップをテーブルに戻した桜子が意を決したように言った。

「お金？　ヒーローズに支払う為のってことですか？」

桜子はプルプルと首を横に振った。

「大学に行って、一人暮らしを始める為のお金です」

「北海道か……」

俺は言葉を選ぶことを意識しながら続けた。

「例えばなんですけど、もうちょっと近場の大学も一度選択肢に入れてみるとかはいかがですか？　ほら、関東《かんとう》でも獣医さんになれる大学ってあるんじゃないかと思って調べてみたんですけど……」

「ダメです！」

初めて聞いた強い口調に、俺は驚いて桜子を見た。

「ごめんなさい……」

桜子はハッとした後、しょんぼり俯いた。俺は首を振ると微笑んだ。

「どうして北海道にこだわるのか、教えていただけますか？」

桜子は一度口をキュッと結んで、そしてゆっくり開いた。

「北海道はヒロの故郷だから……」

「ヒロの……」

俺があまり納得していない声を出したからか、桜子は慌ててつけ足した。

「それに……！　獣医になるにはすごく良い大学なんです。本当に。それに……」

「それに？」

俺はなるべく優しい声で訊いた。

「なるべく遠くへ行きたいから。家からなるべく遠いところへ」

「なるほど……」

俺は再びカップに手をかけた。桜子は俯いて、手を膝の上で握りしめていた。

「桜子さんのお母さんはどんな人ですか？　何か相談とかされているんでしょうか」

なるべく明るい口調で言った俺に、桜子は少し視線を戻した。

「実は、母には先日、ヒーローズのことを話したんです。そしたら、反対はしないと言ってくれました」

「よかったじゃないですか！」

桜子は俺を制するように「ですが」と続けた。

「ですが、父に逆らってまで協力してくれるとは思えません。今までも父に逆らうなんてこと、しない人でしたから……」

「そうですか。でも一歩前進ですね」

「ええ。でも、問題は母ではなく……」

桜子は再び視線を落とし、口をつぐんだ。

「お父さんはやはり、結婚を強く勧めていらっしゃるのですか？」

「はい……。昔からずっと言っていました。短大を卒業したら、婿養子をとって病院を継ぐこと。もうわたしはそうするものだと信じ込んでいます」

俺は少しゆっくりとした口調で尋ねた。

「桜子さんから見たお父さんって、どんな人なんですか？」

「お父さんは……」

桜子は視線を上げ、何かを思い出すように遠くを見つめた。

「すごく、冷たい人」

そう言い放った桜子の目は、驚くほど無機質に見えた。

翌日、桜子が学校から帰る時間を見計らって一条家へ出向いた。

「田中さん！　どうされたんですか？」

ちょうど帰宅してきた桜子が、驚いた様子で駆け寄ってきた。

俺は桜子の母と玄関先で会話をしていたところだった。

「昨日、お母さまに弊社《へいしゃ》の話をされたと伺いましたので、ご挨拶させていただきました。この時間はまだお父さまはお帰りになってないですから、大丈夫でしょう？」

桜子は恐縮した様子で「わざわざ家まで出向いていただいて申し訳ないです」と言うと、鞄を置きに一旦家へ入った。

一時《いっとき》して出てきた桜子は私服に着替えていた。

「お待たせしました」

部屋着にしてはきちんとした印象のある、高そうなセットアップのカーディガンとスカート姿だった。

「では、ほんの少しだけお嬢さまをお借り致します」

俺が桜子の母にそう言うと、母は冗談ぽく「ふつつかな娘ですが、どうぞよろしく」と笑った。

「私にも何かご協力できることがあれば何でもお申しつけくださいな」

そうつけ加えた桜子の母に見送られ、俺たちは近所の河原まで歩いた。

「お母さんは協力的な様子ですね。よかった」

夕刻に近い河原には、犬の散歩をする人やジョギングをする人、水辺で遊ぶ小学生など、様々な人がそれぞれの時間を楽しんでいた。

俺は桜子と並んで歩きながらしばらく世間話をした後、本題を切りだした。

「桜子さん、やっぱり志望校はせめて関東の大学も考慮に入れてはどうでしょう。関東にも良い大学はたくさんあって……」

「嫌です！」

予想以上の強い口調に、俺は驚いて桜子を見た。

「ごめんなさい……」

「いえ。こちらこそしつこく提案してしまって」

桜子はゆっくりと動かしていた足を止めた。

「でも、やっぱり北海道じゃなきゃダメなんです。ヒロの故郷に行きたいんです。ヒロが生まれた故郷で頑張りたいんです。どうしても」

「そうですか……」

「約束したんです……ヒロと。北海道に行くからって。そこで頑張るからって」

「そうですよね」

桜子は、川を見渡せるように設置されているベンチに腰をかけた。

「そんなことにこだわって馬鹿みたいって思うでしょ？」

「いいえ、そんなことありません」

俺も少し距離を空け、隣に腰をかけた。

「でも、それが夢なんです。関東でも良い大学はたくさんあります。わかっています。でも理屈じゃないんです。どうしてか自分でも上手く説明できないけど……」

桜子はもどかしそうに唇を嚙《か》みしめた。

「夢ってきっとそんなものですよ」

俺はさらさらと流れる川を見つめながら言った。

「口にするのはなんだか気恥ずかしいし、どうしてそうしたいのか説明するのも難しい。他人にはわかってもらえないかもしれない。けれど、どうしても譲れない。夢なんて、きっとそんなものです」

「そう……です。まさに、そう」

河原では数人の小学生が、楽しそうな声を上げながら石飛ばしをしていた。

「僕は、思い返してみるとそんな感情を抱いたことなどないかもしれない。どうしても叶《かな》えたい夢というものを持ったことがないのかもしれません。そういう意味では、少し桜子さんが羨ましいです」

横を向くと、桜子も同じ風景をじっと見ていた。

「昔、石飛ばししました？」

「はい。よくしてました。わたしけっこううまいんですよ」

「へえー、意外だなあ」

川の向こうに高く昇り輝いていた太陽は、だんだんと傾いていた。

「桜子さん、『好きな物しりとり』しませんか？」

俺の提案に桜子は驚いた顔で、「好きな物しりとり？」と繰り返した。

「しりとりと言っても、文字は気にせずただ好きなものを言い合うだけです。昔、両親としてたこと思い出しちゃって……」

「わたしも……！　わたしも、やってました」

桜子の顔にぱっと明るみが差した。

「偶然ですね！　じゃあ、久しぶりにやってみましょう！　ルールは簡単で『名詞』だけじゃなくって、それのどんなところが好きかまでできるだけ細かく言い合うんです。たったそれだけ。例えば……」

「クッキーの焼ける匂い！」

初めて聞いた桜子の元気な声に、俺は驚いた。

「早いですね」

俺が笑うと、桜子は少し照れくさそうに微笑んだ。

「さっき家に入ったら、母が久しぶりに焼いていたみたいで……」

「なるほど。じゃあ帰るのが楽しみですね」

俺は珍しい桜子の微笑みをもう少し見ていたい気持ちを抑え、視線を川に戻した。

「では……僕は、ミンミンゼミの鳴き声」

「セミが好きなんですね。わたしは虫、苦手だな」

「ネズミは？」

「ネズミ？」

「北海道には家にネズミが出るらしいですよ」

「そうなんですね……！　でもネズミは嫌いじゃないから大丈夫です」

桜子はなんだか得意げに言った。

「じゃあ、わたしの番。うーん……首がチクチクしないセーター」

「それ、すごくわかります。では僕は……ええと……仕事終わりの冷えたビール」

「美味しそう。いつか飲みたいな。じゃあ………、桜の花びらが散ってピンク色に染まった川」

「風流ですねえ。次は俺か……ええー……。案外パッと出てこないものですね……あっ！ 冬の、布団乾燥機をかけた後のあったかい布団に入る瞬間！」

桜子がふふっと声を漏らした。

「それ気持ちいいですよね。でもわたしは外に干した後の、お日様の匂いがいっぱいする布団のほうが好きです」

「一人暮らしと実家暮らしの差ですよ、それ。僕は今年、会社の新年会の商品で貰ったんです。布団乾燥機！ ビンゴが当たって」

「すごい！ 強運じゃないですか」

「周りからは、新年会で一年の運を使い果たしたって言われましたけど……」

桜子が「ははっ」とはっきり声に出して笑った。出会って初めてのことだった。

「じゃあわたしは……夕暮れに、ここの河原を散歩すること」

「いいですね。実は僕も、ここの夕暮れを見てみたいと思ってお誘いしたんです」

「綺麗《きれい》ですよ。本当に……いつ見ても綺麗」

桜子はじっと沈み始めた日を眺めていた。

河原では子供たちがまだまだ遊び足りない様子で賑《にぎ》やかな笑い声を響かせていた。

「僕はじゃあー……、九州産の甘酸っぱいリンゴ」

「九州産のリンゴ？　美味しいんですか？」

「はい、とっても。次、桜子さんの番ですよ」

「じゃあ………そうだな。何だろうな………」

「あれ？　もう終わりですか？」

桜子は少し微笑むと、首をフルフルと振った。

「まだあります。ヒロの首に抱きついて、胸の毛に顔をうずめること」

「ははは。毛がふさふさだったんですね？」

「胸元の毛がすごくふわふわしてたの。これが最後です。いつもこれが出たら最後なんです」

「久しぶりにやると案外出てこないものですね」

「昔は好きなもの、もっともっといっぱい言えたのにな。お父さんとこの河原を散歩してる最中、ずっとこれをやってもまだまだ尽きないくらい、いっぱい言えて。いつもお父さんは……」

桜子は何かを思い出したように一旦言葉を止めた。

「お父さんは……？」

「……いつも、最後のほうは困って、わたしのことばっかり言ってた。朝の桜子の寝癖のついた髪、とか。桜子のクッキーを盗み食いした後の顔、とか。それを聞いてわたしは『そんなのズルいよ』って怒っていました」

「優しいお父さんなんですね」

「優しい……」

夕日に照らされた桜子の表情は、一言では言い表せられない複雑なものだった。

「優しいじゃないですか。桜子さんのことが大好きで」

桜子は黙って立ち上がった。そして家に向かう方向に歩き始めた。俺も黙って後を追った。

「………いつからこうなったんだろう。わたしとお父さん………」

桜子が最初に会った時のように小さな声で言った。

いつの間にか河原の子供たちはいなくなっていた。日暮れが門限の合図だったのだろうか。子供たちが去った河原はまるで違う景色のようにしんと静まり返り、水の流れる音だけがさらさらと響いていた。

俺は桜子の隣に並んだ。

「重要なのは『いつから』と振り返ることよりも、『今から』を考えることだと思いませんか？」

「今から……？」

桜子の歩みが緩まった。

「九十歳を超えた僕のじいちゃんに言わせると、僕でさえまだ赤子らしいです。そう考えると桜子さんの人生なんて、まだまだ立ち上がってもいない。ハイハイしている状態です。立ち上がるにはまず何かに摑《つか》まらないと」

桜子が少しこちらを見た。俺も桜子を見ると、彼女はいつものように俺から視線を逸らしはしなかった。

「きっと、その摑まる相手としてこの会社を選んでくれたんでしょう？　なら、力いっぱい摑まってください。そして立ち上がった姿をお父さんに見せてあげましょう」

「……はい。よろしくお願いします」

桜子は少し微笑むと、深く頷いた。

「よし！　そうと決まればどんどん前へ進みましょう」

俺はそう言うと歩みを早めた。桜子も「はい」とそれに続いた。

「まずは来週の日曜、スケートに行きます！」

「スケート⁉」

驚いた桜子に俺はニッコリ笑った。

「北海道に行ったらウィンタースポーツに誘われる機会が増えるかもしれないじゃないですか。スキーは季節的に無理ですけど、スケートリンクならありますからね」

「スケート……」

桜子は不安そうな表情を浮かべた。


次の日曜、俺は再び一条家の門を叩いた。

「桜子さんをお迎えに上がりました」

玄関で出迎えてくれた桜子の母は笑顔だった。

「スケートに行くんですってね」

「はい。すみません……遊びに連れ出すみたいで」

「いいえ、体を動かすのは良いことだわ。あの子、昔はとってもおてんばだったんですよ」

桜子の母は懐かしそうに目を細めて言った。

「えっ……。正直、意外です」

おてんばな姿など、今からは想像もできなかった。

「あの人も、昔は桜子にべったり甘々で。二人とも今みたいじゃなかったのに……」

寂しそうな桜子の母に、俺は吉報を伝えた。

「この前、好きな物しりとりをしました」

「まあ、そう」

桜子の母はちょっと悪戯《いたずら》っぽく微笑んだ。

「急に『桜子が昔好きだったことを教えてくれ』なんて、驚いたわ」

「教えていただいて助かりました」

「あの子、少しは昔を思い出せたかしら」

「はい。お父さまと河原を散歩したときのことを思い出したようです」

「そう……！　それはよかった。その頃は一番二人の仲が良くて………。そうだわ、
その後だわ………！　思い出したわよ！」

桜子の母が突然俺の両腕をガシッと摑んだ。

「いてっ……」

「あら、ごめんなさい！　そう、桜子が幼稚園の頃、男の子と一緒に木登りをしてね、落ちて怪我をしたの」

「それは、大丈夫だったんですか？」

俺は掴まれた腕をそっとさすりながら言った。

「ええ、幸い怪我は大したことなかったんだけど、あの人はすごく取り乱して私を怒鳴ったのよ。傷が残ったらどうするんだって。桜子が見ていることに気がつきもしないで」

桜子の父の話だ。

「気が動転していたんでしょうね」

桜子の母は大層興奮した様子で続けた。

「それからだわ……。桜子が外で遊ばなくなったのは。私にべったりになっちゃって、あの人に寄りつかなくなって。きっと、いつも優しいお父さんが鬼みたいな顔して私を叱ったのがすごくショックだったのね。それに優しい子だから、自分のせいでお母さんが叱られたって思ったのかも」

「それがきっかけですか……」

「そうよ。そうだわ。あの人もあの人で、桜子から距離を置くようになってしまってね。桜子に嫌われたと思ってショックだったのね、きっと。本当、男の人って不器用なんだから」

俺は「ははは」と寂しく笑った。

「僕もよく同僚にクソ真面目とか言われちゃいます」

桜子の母は何かを思い出すように両手をパチパチと合わせながら、流れるようにつらつらと語った。

「それから桜子は幼稚園の男の先生にも距離を取るようになって。なんとなく男の人が怖いって思っちゃったのかしらね……。ちょっと男の子にからかわれたくらいで泣くようになってしまったのよ。そこから今の泣き虫さんの出来上がり」

なるほど。それがきっかけか……。俺は心の中で呟いた。

「ヒロを飼ったのはその後よ。桜子に少しでも活発に遊んで欲しくって。昔、北海道に住んでいた親戚がいてね、ちょうど子犬が生まれたって連絡があったから、そのうちの一匹を貰ってきたの。雑種の中型犬よ」

「それが……」

「そう。それがヒロ」

ヒロは北海道からはるばる桜子の泣き虫を直すためにやってきたということだ。

「ヒロはすごくお利口な子でね。それはそれは桜子と仲良しで。桜子も兄弟を欲しがっていたから余計かしらね。小さい頃は自分の弟のようにお世話していたけど、あっという間に大きくなっちゃって、いつの間にかヒロはお兄ちゃんに昇格」

いつの間にか、大事な大事な存在になった——か。

「学校で嫌なことがあったりするとね、帰って一目散にヒロの首根っこに抱きつきにいくの。ヒロも賢い子でね、じーっとしてるの。苦しそうなくらいあの子に抱きしめられていても、黙ってじーっとして……、犬なのに黙ってておかしいわね。でも本当にそんな風に見えるのよ。ただ、何も言わずに抱きしめられてあげるの。桜子が笑うとヒロもようやく尻尾を振って、嬉しそうにクルクル回ったりするのよ。本当に桜子の気持ちがなんでもわかっているみたいな子だった」

「そうだったんですね……」

ヒロはずっと桜子の傍にいたんだ。きっと桜子の多感な時期を一番近くで支え続けたのだろう。その存在は、亡き後、彼女の人生を左右するほどのものになった。

「お待たせしました！」

普段よりスポーティーな格好に身を包んだ桜子が現れた。

「お母さん、何の話してたの？」

「ううん、大したことじゃないわよ。田中さんの会社のお話をちょっとね」

桜子の母は平然とこちらを見た。

「あ、はい、そうです。会社の話を……」

顔がこわばる俺を華麗にスルーして、母は桜子に微笑みかけた。

「スケートなんて久しぶりなんだから、無理しちゃダメよ。怪我しないように気をつけて楽しんでらっしゃい」

「はーい。いってきまーす」

「いってらっしゃい」

桜子は笑顔で、見送る母に手を振った。

三日後――

桜子もお父上もいない平日の昼間、俺は一条家の応接室にいた。

「あれからね、私も思い返していたのよ。あの二人の関係が今ほど悪くなってしまった原因を」

俺を呼び出した桜子の母の口は、お茶を出しながらも忙《せわ》しく動いていた。

「ヒロの調子が悪くなったのは、桜子が中学二年の冬だったの」

俺は会釈して、出してもらったお茶を一口いただいた。

桜子の母も俺の正面に座り、同じように一口茶を飲んだ。

「病院に連れていくと、もう手遅れだと言われたわ。『いたずらに命を引き延ばすよりも、少しでも痛みをやわらげてあげてはどうか』と獣医さんから提案された。でも桜子は到底それを受け入れることができなくて。最後まで諦めたくないって、治療を受けさせたいと泣いてあの人に懇願したわ。けれど、あの人はお前の我儘《わがまま》でヒロを苦しめてもいいのかと叱って、最終的に治療費は出さないと桜子を突っぱねた。それは桜子にとって、ヒロの命を諦めなきゃいけない瞬間だった」

想像すると胸が痛んだ。桜子がどれだけヒロを愛していたか、それは俺にも充分伝わっていた。さぞかし辛かっただろう。

しかし、それをさせた父もきっとまた……。

「最終的に、あの人の判断は間違ってなかったんだと思う。ヒロは最期までそれほど苦しまずに済んだ。けれどやっぱり体調はあっという間に、目に見えるように悪くなったわ。それでとうとう桜子は学校を休むって言いだした。けどね、いつどうなるかわからない状態で何日も学校を休ませるわけにもいかなくて……」

桜子の母の眉間に現れた皺《しわ》から、当時の苦悩をおもんばかった。

「あの人、桜子をきつく叱って学校に行かせたの。桜子は泣きながら学校へ行ったわ。それが決定的だったのかもしれない。治療を受けさせなかったことに加え、無理やりヒロのもとから引き離された。桜子は完全にあの人に心を閉ざしてしまった」

「そうでしたか……」

俺は言葉を探すために、再びお茶に手を伸ばした。

桜子の母も同じようにした。彼女もまた、言葉を探しているように見えた。

「……私にも大きな責任があるのよ。辛い選択を全てあの人のせいにして。でも、それもあの人の願いだった。あの人、いつも言っていたわ。お前は桜子の味方でいてやってくれって」

桜子の母は、視線を応接室の棚へ向けた。そこには、ヒロも一緒の家族写真が飾られていた。

「最後の日はね、日曜日だった。ヒロは最後まで桜子のことを思ってくれたのね。桜子の学校が休みになるまで頑張ってくれたのよ。……本当にいい子」

桜子の母は優しい眼差しで写真を見つめた。写真の中の桜子は、ヒロの首に手をまわし胸元に寄り添いながら、俺には一度も見せたことのない弾《はじ》けるような笑顔を見せていた。ヒロはそんな桜子の隣で誇らしげに前を向いていた。

「その日、桜子はずっとヒロの傍にいたわ。ろくにごはんも食べないで、ずっとずっとすがるように抱きついて、泣きながら背中を撫で続けていたの。ヒロは最後に、桜子に話しかけるようにクウンクウンって何度か鳴いてね。そしてそのまま眠るように亡くなった。最期の顔はとても穏やかで幸せそうだった」

そう言った桜子の母の目には光るものがあった。

「そんなヒロとは対照的に、桜子の取り乱しようは、それはもうすごくて。見ていられないくらい酷かった。私たちも心を引き裂かれそうだった。ごはんも食べなくなって、一週間も学校を休んで部屋に引きこもったわ。その後なんとか学校へ行くようになっても、驚くほど些細《ささい》なことで取り乱したり、泣きだしたりするようになってしまって……。まるでヒロを飼う前の、泣き虫な子供の頃に戻ってしまったみたいに……」

写真の中の笑顔を見つめ、桜子の母は寂しそうに微笑んだ。

「あんな風に笑うこともなくなった」

写真の中の桜子は心から幸せそうだった。桜子だけではなく、そこに写る両親もまた、心から幸せそうに見えた。

「あの人が新しい犬を飼うことを提案したこともあったんだけど、あれもいま思い返すと火に油だったのかもしれないわね……。桜子は受け入れなくて。それからはもうどうしていいのか。私たちもわからなくなってしまったのよ」

湯呑に残ったお茶を飲みほして、桜子の母は自分に言い聞かせるように言った。

「あの選択が間違いじゃなかったってこと、桜子も頭ではわかっている。親としてそう思いたいわ。けどね、それでもあの子は悔いているんだと思うの。あの時治療を受けさせてあげなかったこと。だから、あの子があの時の決断に納得するには、あの子自身が獣医になるしかないのかもしれないわね」

静かな一条家の応接室には、初夏に似つかわしくない冷んやりとした空気が流れていた。

次の日曜、俺は桜子を落ち着いたカフェに誘った。

注文を終えると、鞄の中からパソコンやらプリントアウトしたものをまとめた紙の束をテーブルに取り出した。

「どうりで大きな鞄を持っていらっしゃると思いました」

桜子はあっという間に物でいっぱいになったテーブルを見て、目を丸くしながら言った。

「先日受けていただいたテストを元に、これから受験までの勉強計画を立てました」

桜子には先週の日曜、スケートをした帰りに本社へ寄ってもらい、様々なテストを受けてもらった。学力のみならず、記憶力やIQ等、桜子が潜在的に持つ能力を計るためだ。

「一日に何を何時間、どんな風に勉強するのか。うちにそういった分析が得意な者がいまして。名栢《なかや》というんですが。ちなみに彼はハーバード大現役合格、ストレート卒業ですから、その実力は折り紙付きですよ」

「色んな方がいらっしゃるんですねえ」

「はい、それはもう色々おります。僕なんて取り柄のないほうで……。ま、それは置いといて。もちろん予備校でもこのような計画は立てるかと思いますが、ここではもっと細かく分析し受験までの具体的な目標を定めています。また名栢が独自に編み出した勉強法なども記載されていますので是非、参考にしてください」

俺は早口でまくし立てた。

「ありがとうございます！　気を引き締めて、勉強がんばります」

「それから色々と資料も作ってきました。よかったら活用してください」

「すごくたくさん……。ありがとうございます」

資料をペラペラめくりながら桜子が言った。

「知ってます？　北海道ってこたつはあまりいらないらしいですよ」

「えっ、どうして!?」

「こたつって足元しか暖かくないじゃないですか。そんなんじゃまるで寒さを凌《しの》げないみたいで。部屋中暖めないと意味ないんですって」

桜子は資料の該当箇所に目を落としながら「へえー」と感嘆の声を上げた。

「こたつ買おうと思ってたのに、聞いてよかったです」

「それなら、こたつを買うお金を節約して光熱費に当てたほうが良い。灯油などが効率の良い暖房器具らしいです」

「なるほど」

「それに、歩き方にもコツがあるって。ペンギンみたいに歩くらしいですけど、動画見つけたんで後で見ましょう。そしてスケートリンクで練習もしましょう」

「スケートリンクで⁉」

桜子が思わず大きな声を上げた。

「端の方でこっそり！　だって氷の上じゃないと練習できないですから」

「は、はい」

「やはり冬がなかなか大変そうですけど、良いこととしては物価が東京に比べて安い点です。もちろん家賃も。ただ、冬の間の光熱費は馬鹿にならない。これを元に、実際月に生活費がいくらくらいかかるか。安い月と高い月、年間通しての金額、これらを、このファイルを使ってシミュレーションしてみましょう」

「はい！」

そうはっきり返事をした桜子の瞳は、キラキラと希望に満ちて見えた。

資料を見たり、計算をしたり、ひとしきり頭を使った後、揃ってそれぞれの飲み物を飲み干し、一息ついた。

俺は改めて「桜子さん」と呼びかけた。俺の緊張が伝わったようで、桜子も「はい」と背筋を伸ばした。

「いくらこうやって情報を集めても、実際にお父さんの許可が下りなければ何の意味もありません。成功しなかった時のことも考えておく必要があります」

「はい」

「もし、お父さんに認めてもらえなくても、桜子さんはそれでも獣医を目指しますか？」

桜子は真剣な瞳で「はい」と力強く答えた。

「たとえ、勘当されることになってもですか？」

桜子が一瞬息を呑んだのがわかった。

「桜子さん、もしお父さんの許可が下りなければ、勘当される覚悟で家を出るしかないかもしれません。金銭的にも頼れません。高校を卒業してからすぐに一人で生きてゆくのは大変なことです。それほどの覚悟がありますか？」

桜子は緊張した面持ちで、大きく頷いた。

「はい。あります。もう決めたんです。たとえ二度と家に帰れなくなっても、絶対に北海道へ行きます」

桜子は俺の目をじっと見て言った。

初めは目を見るどころか、話すことすらままならなかったのに、成長したもんだ。

俺は親心のようなものを感じていることに気づき、思わず笑ってしまった。

桜子は不思議そうに俺を見ていた。俺はコホンを咳払《せきばら》いした。

「それだけの覚悟があるのなら、もう時は満ちています。最後は桜子さん自身がお父さんと向き合うしかない。日を決めて一度きちんと話し合いましょう」

「はい……！」

桜子の瞳には決意の色が浮かんでいた。

青葉空眩《まぶ》しい日曜日。約束の時刻、五分前。

俺とミヤビは揃って一条家の和室に用意された座布団の上に正座していた。

俺たちの前には、同じように正座した桜子の姿があった。

「本日は、忙しい中時間をつくってくださって、ありがとうございます」

桜子の父は大きな座卓を挟み、桜子の正面に座っていた。

「折り入って話とはなんだね。こんなにお供を従えて」

桜子の父は俺たちを一瞥《いちべつ》して言った。

「話すのはわたしです。この方々には……たくさんお世話になったので、今日の話を見届けてもらうためにお呼びしました」

「まあ……、まずは用件を聞こうか」

桜子は一つ、息を吸うと、はっきりと響く声で話し始めた。

「わたしの将来についての話です」

「それなら私はもう言ったはずだ。短大を受験しなさい。在学中にお見合いをして、卒業したらしかるべき方と結婚し婿とする」

桜子の父は淡々と話した。

「お父さん、聞いてください」

「それなら病院もお前の将来も安泰だ」

「わたしは獣医になりたいんです！」

部屋に水を打ったような沈黙が流れた。

「……なら、この病院はどうする？」

桜子の父は落ち着いた様子で言った。

「それは……ごめんなさい。自分勝手なことを言っていると承知しています。でもわたしは獣医になりたいです」

「獣医……」

桜子は父が黙したのを見て、畳みかけるように言った。

「それと、もう一つあります」

「なんだ」

「その為に大学に行きたいです。北海道大学を受験したいと思っています」

「北海道……？」

「はい。遠いところだとわかっています。でも、どうしても北海道へ行きたいんです」

「それが今日話したいことか？」

「はい。そうです」

桜子の父は桜子を見つめたまま、眉間の皺を濃くした。

「その為に、私に何を頼みたいんだ」

「何も頼みません」

「どういうことだ」

「これを見てください」

桜子は横に置いていた書類を父の前に差し出した。

「北海道で生活をするのに必要なものと、それにかかるであろう費用です。この金額を貯めるためにアルバイトをしたいと思っています」

「アルバイト……」

「大学へは奨学金制度を利用します。いま通っている予備校には……できれば通い続けたいです。ですが反対ということなら独学で勉強します。習い事も全て辞めます」

一気に話した後、桜子の肩は呼吸を落ち着けるように一度大きく上下した。

「それなら、どうして私に許可を求める」

至って冷静に話す桜子の父からは威圧感さえあった。背筋を伸ばした桜子は、必死にそれに立ち向かっているように見えた。

「今まで育てていただいたからです。良いものを食べ、良い服を着て、良い学校へ通い、良い先生について習い事をさせてもらい、何不自由なく育てていただきました。我儘もたくさんきいてもらいました。だから、家を出ることを認めて欲しかった。それだけです」

再び沈黙が流れた。

先ほどよりも長い沈黙を破ったのは、やはり桜子の父だった。

「北海道か……」

「はい」

「よりによって遠いところを……」

「ごめんなさい」

桜子が頭を下げた。

「少し前までは、婿を取り家を継ぐことを了承していたんじゃないのか。一時の感情で大きな決断をすべきではない。もう少し考えるべきじゃないのか」

桜子の父が言うことは尤《もっと》もだった。

「それを了承していたのは、それが家の為だと思っていたからです。だから、そうするべきなんだと思っていました。でも、ヒロが死んでしまって、考えたんです。たくさん考えました。そして、動物の命を救える存在になりたいと思った。初めて、自分の意志でやりたいと思えることができたんです」

桜子の真剣な、強い言葉に間髪を容《い》れず、桜子の父が言った。

「しかし、もっとたくさんの命が失われるところを目にすることになるぞ。もしかしたら、お前の手の中で、誰かの大切な命が消えるかもしれない。誰かに恨まれるかもしれない。辛いことだ。お前はそれをわかっているのか」

桜子の父の声は少し大きくなっていた。

「わかっているつもりです。……ううん、まだわかってないかもしれない。でも、それでも獣医になりたいです」

静かな部屋に、ふうーっと低く息を吐く音が聞こえた。桜子の父からだった。

「………ヒロが死んだ時のことを思い出すかもしれないだろうと言っているんだ。同じ思いをするだろうと言っているんだ。どうしてわざわざ辛い道を選ぶ」

桜子がもう一度背筋を伸ばした。その目にはきっと、あの時と同じ決意の色が浮かんでいるのだろうと思った。

「ヒロが死んでしまって、悲しかった。もうどうしていいのかわからないくらい悲しかった。もしヒロを返してくれるなら、もう何もいらないと思った。何でもしたいと、何でもできると思った。でも、わかったの。ヒロは帰ってこない。どうしたって帰ってこない。なら、ほんの少しでも救いたいって。ヒロを救えなかった代わりに、たった一つの命でも、もしわたしに救えるのなら……。ヒロに約束したの。絶対に獣医になるって。ヒロの故郷で勉強して、絶対に命を救う存在になるんだって……！」

桜子の声には涙が滲んでいた。しかし、それは今まで何度も目にした弱々しい涙ではないと、後ろからでもわかった。

「お願いします！　獣医を目指すこと、北海道大学を受験すること、認めてください！」

桜子は畳に手をつき、頭を下げた。

桜子の父は、再びふぅーっと、今度は先ほどの倍も長く息を吐いた。そして、目を閉じ、天を仰いだ。しばらくそうした後、ゆっくりと目を開けた。

「頭を上げなさい」

桜子は無言で頭を上げると、まっすぐ父を見据えた。

「北海道は寒いぞ」

「はい」

「東京で大雪が降った時、転んで怪我をしただろう。覚えているか」

「はい」

「北海道はもっと雪が多い」

「はい」

「お前は風邪を引きやすい体質なんだ」

「はい」

「去年はインフルエンザにもかかっただろう」

「はい」

「母さんも傍にいない。すぐに行ける距離でもないぞ」

「はい」

「一人でどうするんだ」

「生きていきます」

桜子の声は驚くほど強く、そのひと声で、凛《りん》とした空気が部屋に宿った。

「風邪は引かないように予防します。インフルエンザの予防接種も毎年受けます。いつアクシデントがあってもいいようにごはんは作り置きして冷凍します。非常用の食品も水も置いておきます。防寒対策をしっかりして、タクシーのワンメーターで行ける距離に病院がある場所に住みます。雪道で転ばない歩き方はこの前から練習しています。まだヘタクソだけど……転ばないように気をつけて歩きます。あと、あまり関係ないかもしれないけど……スケートも、少し滑れるようになりました。冬になったらスキーも練習しようと思っています」

「お前がスケート……」

「はい。練習しました」

「小さい頃、スケートリンクに連れていった時は怖がってちっとも楽しまなかった」

「覚えています」

「……覚えているのか」

桜子の父は少し意外そうな声を出した。

「はい。お父さんが手を引いて滑らそうとしてくれたけど、わたしは泣いてばかりでちっとも滑ろうとしなかった」

桜子の父は視線を下げ、ほのかに笑みを浮かべた。それはとても寂しそうな笑みに見えた。

「昔からそうだ。私がお前にしてあげようと思うことは、お前は何ひとつとして気に入ってくれない」

先ほどの威圧的な空気からは想像もできないほどしんみりした声に、俺は思わず胸が痛んだ。

「……ごめんなさい」

桜子も苦しそうに頭を垂れた。

「……婿を取って病院を継げば生活に困ることはないんだ。わざわざ辛い思いもしなくて済む」

「わかっています。でも、それはわたしのやりたいことではありません」

「そうか………」

「お願いします。お父さん」

桜子が再度、頭を畳に擦りつけた。

部屋は沈黙に包まれていた。

しばしそれが続いた後、桜子の父は、俺に向かいゆっくりと頷いた。

それを確認した俺は、緊迫した部屋の空気を破るように大きく息を吸った。

「実は今日、この案件の依頼人をお呼びしているんです」

桜子は頭を上げると、驚いた様子でキョロキョロと辺りを見まわした。

「桜子さん、何を探しているのですか？」

「えっあの、依頼人の方は、どちらに……」

「さっきからあなたの、桜子さんの目の前にいらっしゃるではないですか」

桜子が目を丸くして俺を見た。そして、ゆっくりと視線を正面へ向けた。

そこには気難しい顔をして座っている、桜子の父——一条忠《ただし》氏の姿があった。

「……どうして、お父さんが……？」

沈黙を破り、桜子が口を開いた。

「私は、本当にお前が私のことを説得できるかどうかを試したかったんだ」

一条忠氏の言葉に、俺は思わず口を挟んだ。

「いえ、それは違います」

しかし一条氏はすぐに俺の言葉を打ち消した。

「いいや、違いません。私は桜子の夢に対する気持ちを量ったのです」

「しかし……」

「田中さん、ミヤビさんも。お二人は尽力してくださった。感謝申し上げます」

一条氏は俺たちに向かい頭を下げた。

桜子は訳がわからないという顔で俺たちを見まわした。

「と、いうことはあー？」

ミヤビの馬鹿みたいな一声に緊張が一気に解け、俺は少々脱力した。

一条忠氏は微笑みとともに言った。

「私は、桜子の夢を認めます」

桜子の頬に赤みが差した。そして大粒の涙がその桜色の頬を伝った。

俺とミヤビは顔を見合わせてハイタッチをした。そこへ部屋の入口のほど近くで見守っていた桜子の母も駆け寄ってきて、俺たちは三人で輪になるようにハイタッチをした。

「あー！　足痺《しび》れたあー！」

ミヤビの叫びに、そこにいた全員が声を上げて笑った。

桜子の母が新しいお茶と、この日の為に気合いを入れて焼いたケーキとクッキーを用意しにいそいそと部屋を後にし、全員が大きな座卓を囲むように座りなおした。

桜子はまだ訳がわからないという顔をしていたが、ミヤビに「まあまあ、結果オーライってことで」となだめられていた。

大きなケーキが運ばれ、歓声を上げているミヤビの横で、桜子がハッとしたように俺に言った。

「あの、契約料は？　あと、成功報酬も」

「契約料はもう依頼人からいただいていますし、成功がわかるのはあと一年以上後、あなたが大学受験に合格してからです。しかも、獣医になるためにはそれからさらに六年、大学で勉強をし、たくさんの試験を受け、就職先を探し、それからでないと依頼が成功したのかどうかはわかりません。ですので、成功報酬は出世払いで結構です」

「必ず、必ずお支払いします」

桜子が頭を深く下げた。

「その時は相殺《そうさい》で勘弁してください」

「相殺？」

顔を上げた桜子は不思議そうに俺を見た。

「本当に獣医になれたら、僕からの就職祝いと、あなたからの成功報酬を相殺で」

俺は道野辺さんがたまにやるように、軽く片目を瞑《つむ》ってみせた。

「修司さん、似合わねー」

ミヤビがいち早くケーキを頬張りながら、ケラケラ笑った。

「でも案外腹黒いッスねー修司さん」

一条家からの帰り道、清々しい思いで空を見上げ歩く俺にミヤビが言った。

「何がだよ」

「成功報酬もなにも、依頼はもう成功したじゃないッスか」

「そうだね」

「本当はご両親からたっぷり料金ぶんどったくせに」

ミヤビがニヤニヤ笑った。

「ぶんどったなんて、人聞きの悪い！　俺は適切な料金を徴収しただけだよ」

「本当の依頼内容も伝えなくてよかったんスかあ」

「いいんだよ。ご両親もそう言っていたし。彼女は責任感が強いから、きっとこの『獣医になる』って依頼内容が、今後の良いモチベーションになるはずだ」

桜子と二度目の面談をした翌日、内密で一条家を訪れた俺とミヤビに、一条桜子の父、一条忠氏は深々と頭を下げてこう言った。

「本日はわざわざご足労いただき、ありがとうございます」

てっきり門前払いされると思っていた俺は面食らった。

「あの……私、ヒーローズ株式会社から参りました田中修司と申します」

「はい。存じております。野宮《のみや》社長によろしくお伝えください」

「野宮と……お知り合いですか？」

「ええ。もう十数年になります。その昔、私の依頼を引き受けてくださったのが野宮社長でした」

「依頼……!?」

「はい。私はヒーローズの元依頼人です。そして、今回の案件の依頼人でもあります」

「ええと……どういったことか詳しくお教えいただけますか？」

「実は、今回こういったものを作りましてね……」

一条氏が差し出したものは、あの精巧に作られた、しかし公式のものではない、ヒーローズ株式会社の広告だった。

応接室に通された俺たちは一条氏から事の成り行きを聞いた。

「桜子が何か悩んでいることはわかっていました。本来であれば、そういった時に娘に手を差し伸べるのが親の役目です。しかし、恥ずかしながら私は桜子の信頼を得られていない。だからせめて、いざという時に信頼できる相手に傍にいて欲しかった。だからこの広告を作って、桜子の目に留まるように置いたのです」

目の前のやたらとクオリティーの高いあの偽広告を見つめながら、俺は事態を把握することに努めた。

「桜子の依頼とは、一体何だったのでしょうか。それが何であれ、私は桜子の代理依頼者になるつもりです。あの子の望みを叶えてやりたいのです」

要するに、桜子がヒーローズに行くよう仕向けたのは、そもそもこの父親ということだ。

「なるほど……。そういったことでしたら、桜子さんから聞いた依頼内容をお話し致しましょう」

俺が一通りの依頼内容を話し終えた後、一条氏は見た目に反し、弱々しい声で言った。

「そうでしたか……。娘が獣医に……。ヒロが亡くなってからというもの、娘は無気力で。何事に対しても情熱を持てないように見えました。それならせめて、娘が生きていけるように安定した将来を用意してやりたいと。私の目が黒いうちに、私の代わりに娘を支えてくれる伴侶《はんりょ》を見つけてやりたいと思っていたのですが……。まさか北海道とは……」

「一条さんの気持ちは、今の桜子さんにまっすぐ伝わっていない可能性があります」

一条氏はがっくりと項垂《うなだ》れた。

「実は、先日行われた健康診断の結果が芳しくなかったのですよ。医者の不養生とはよく言ったものでね。とたんに娘の将来が心配になりました。それで焦ってしまっていたのかもしれません。まさか……。あの子の悩みが私の存在そのものとは……。それほどまでに信頼関係が崩れていたとは……。お恥ずかしい限りだ。一体どうしたものか……」

想定外の展開にしばし頭を悩ませていると、それまで黙っていたミヤビが口を開いた。

「じゃあ、こういうのはどうッスか？　もういっそ、そのままお父さんには悪役に徹してもらうってのは」

「悪役に？」

俺と一条氏は同時に言った。

「お父さんにはそのまま障害になってもらってー。そんで、それを乗り越えさせることで前に進む勇気っつーか、そういうものを得てもらうってのは」

「なるほど……私を障害として」

「でも、それは一条さんにとっては辛いことでは……？」

俺の問いかけに、一条氏はゆっくりと頭《こうべ》を振った。

「いいえ、それは構わないんです。私はいつだってあの子の一番の望みを叶えてやれない、ダメな父親だ。きっと桜子は、私を自分の人生の敵だと認識していることでしょう」

「そんな……敵だなんて」

「勿論《もちろん》、私はいつだってあの子を想ってきたつもりでしたよ。ヒロが死んでからというもの、あの子もいつかヒロの後を追ってしまうのではないかと、そんな馬鹿げたことを本気で案じたりしていた。けれど、結局一番大切なことに気づいてすらやれなかった」

一条忠氏は苦悶の表情で天を仰いだ。

「あの子に夢があったなんて……。素晴らしいことだ。しかし、私を恐れて話せない程度の気持ちでは、いつか潰れてしまうでしょう。獣医になるということは、あの子にとっては特に、過酷な現実と向き合うことにもなる。桜子にその覚悟があるのかどうか……」

俺が言葉を探していると、一条氏はテーブルに手をつき頭を下げた。

「田中さん、ミヤビさん、どうか、桜子の背中を押してやってください。もしいつか私がいなくなっても一人で歩いてゆけるよう、あの子に勇気を与えてやってください！」

「い、一条さん。頭を上げてください！」

一条氏はガバッと頭を上げると、焦っている俺を強い眼差しで見つめてこう言った。

「私からの依頼内容は、桜子が私という存在を乗り越え、堂々と夢を語れるヒーローになることです」

「親の愛ッスねえー」

あの河原を歩きながら、ミヤビが言った。手にはちゃっかりと土産のクッキーを、なぜか娘の分まで貰って持っている。

「そうだね、本当に」

朝から少々元気すぎる太陽のお陰か、今日も河原にはたくさんの人がいた。

「そういえば、修司さんのじっちゃん、その後元気ッスかあ？」

ミヤビは河原でラジオ体操をしているおじいちゃんを見つけて言った。

「うん、この前退院したよ。正直みんな、もうダメかな、なんて思ってたけど、思った以上に元気になって、今は畑仕事までしてる」

「よかったッスねー」

そう言うと、ミヤビはザッと土手を滑り下りた。俺もそれに続いた。

「それでもいつか〝その時〟はくるんだろうけどね。誰にでも、ね」

「それでもまだその時ではないじゃないッスか。その時までは楽しくいきましょうよ。そんで、その後も、残された者は楽しくやっていきましょうよ」

ミヤビは川のほとりにしゃがみ込み、水をすくった。

「まだ水冷てー」

「ミヤビってたまにいいこと言うよね」

「ヤだなあ、いつもッスよー」

どこからか子供たちの元気な笑い声が聞こえた。

「もう少し謙虚ならもっといいのにね」

「日本人は謙虚すぎんスよー」

「はいはい」

「わー適当な返事ー」

水遊びをしているミヤビを残し、俺は先に歩きだした。

「ちょっと修司さーん！」

後ろから追いかけてきたミヤビが、俺の背中にまだ冷たい水をびしゃっと浴びせた。

「うわっ！　何すんだよ！」

またどこかで誰かの笑い声が響いた。

ミヤビは「やーい」と叫ぶと、一目散に走って逃げた。

「まったく……子供か」

見上げた空はどこまでも高く、青く澄み切っていた。

＊＊＊

「お父さん……いつからヒーローズの皆さんを知っていたの？」

久しぶりに入った父の書斎で、わたしは背を向ける父に話しかけた。

「うん？　それはまあ、いいじゃないか」

父はわたしに背を向けたまま言った。

「わたし、北海道に行ってもいいんだよね？」

父は小さく溜息をついた後、諦めたように「どこにでも好きなところに行きなさい」と言った。

「その代わり、アルバイトなんて言っておらずに勉強しなさい。予備校でも家庭教師でも必要なことはなんでも言いなさい。習い事は続けるも辞めるも中断するも、好きにしなさい。そして大学に合格してからも気を抜かず勉学に励むこと。その為の応援は惜しまない。金銭的な面でもだ」

わたしは父の言葉の一つ一つを聞き逃さないよう噛みしめた。

「わかったね」

わたしははっきり「はい」と答えた。

「ヒロとの約束を、しっかり守ってやりなさい」

「はい……」

わたしは父の背中に一礼すると、そのまま部屋を出ようとした。しかしドアを開けて、その場に足を止めた。

「お父さん」

そう言って振り返ると、父はまるで小さい子供を見るように、わたしの背中を見つめていた。少し年老いたその眼差しは、『好きな物しりとり』をしていたあの頃の父の眼差しと少しも変わらず、優しかった。

「ありがとう……」

ツンとした痛みとともに、胸の奥底に懐かしい温かさが込み上げてきた。

その日の明け方、夢を見た。

ヒロがいなくなってから、初めての夢だった。

目が覚めると、枕が涙でぐっしょり濡れていた。

鼻水をすすりながら、この手に残る柔らかな感触を確かめようとした。

確かに、ヒロがいた。この手の中にいた。

天国のヒロはおしゃべりだった。こっちにいた頃よりも、ずっとおしゃべりになっていた。たくさん「大好きだよ」って言ってくれた。もう泣かないでって言ってくれた。

わたしはヒロと約束した。

もっと笑顔でいるよ。もう泣いたりしないよ。だから、また会いに来てね。

いつかそっちに行く日が来たら、そのときはもっといっぱいおしゃべりしようね。

だからもうちょっと待っててね、ヒロ。

「それまでわたし、頑張るからさ」

カーテンを開けると、はじけるような太陽の光が部屋いっぱいに差し込んできた。

STAGE2
タイムイズマネー!
START!!

「弊社のデータによりますと、昨年度実績は目標である数値の百七パーセントに到達しており、本年度上期、ならびに下期に向けての予算修正と致しまして……」

会議の真っ最中、俺は全く話に集中できないでいた。なぜなら……。

「素晴らしい数字ではありますが、我々は更にドラスティックな改革を必要としています。より一層高いカスタマーサティスファクションを実現する為には、徹底したマスマーケティングの継続に加え……」

今、まさに今、アナウンサーのような美声で流暢《りゅうちょう》な日本語を話しているのが、通訳として参加している、あのリンリン――

リンリンといえば口が悪い、口が悪いといえばリンリンだからである。

今の今までそう思っていたのに。

リンリンが実は七か国語話せる凄い人だということは、ミヤビから聞いて知っていた。が、その中でも日本語は不得意なのかと思っていた。昨日だって俺にカタコトの発音で「修司！　メシ食ってるのか！　細いぞ！　筋肉はどこいったー！」なんて叫んでいたし、いつも「ウルセー」「バカじゃないか」とか言ってるし、口が悪いけど勉強中だからしょうがない、なんて思っていたのに。バカと言われようがアホと罵られようがカタコトのイントネーションじゃ腹も立たないし、別にいいやと思っていたのに。

社長のビジネスパートナーである、中国のなんだか大きな企業との打ち合わせに、なぜか全く知識のない俺が「空気を感じるのも勉強だよ」と半ば無理やり参加させられたのは良いが、リンリンのそんなこんなで話の内容が全く頭に入ってこない。

「――――こちらからの提案は以上です」

涼しい顔をして微笑みを浮かべるリンリンに、じっとりとした視線を向けた。騙《だま》されていた気分だ。


「修司！　お前さっきキモチ悪かったぞ！　なんで見てた！」

会議室から出てお客様を見送った途端、リンリンがいつもの調子で声を荒らげた。声色までいつもの少々子供っぽい声に変わっている。

「……騙されてたよ」

「なにがだ。キモチ悪いぞ！」

「気持ち悪いって言うな！」

「やーいやーい、修司キモチ悪いー！」

「子供か！　さっきまでの美声はどこいった！」

リンリンはケラケラ笑いながら去って行った。

今日はみんなそれぞれの案件で忙しそうだ。

少し早い昼食を取るために三十階の食堂へ上がった俺は、お気に入りの窓際席に腰を下ろした。

桜子の件が落ち着いた俺は、他の社員とは対照的に一人暇を持て余していた。ひとりぼっちで日替わり定食の目玉焼きハンバーグに舌鼓《したつづみ》を打っていると、後ろから声がした。

「修司さん、お疲れさまです」

振り向くと、いつも真面目な顔をしている名栢さんが、やはり真面目な顔で立っていた。

「名栢さん、どうもお疲れさまです」

「今日はみなさん忙しそうですね」

名栢さんは食事を終えた後らしく、空になった食器がたくさん載ったトレーを手にしていた。

「本当に。俺一人暇で困っちゃいますよ。誰かの手伝いでもできればいいんだけど」

「そういえば修司さん、有休が取れますよ。案件が落ち着いたならそのタイミングで休暇を取ったらどうです？」

名栢さんの得意分野はマーケティングや分析。そして一般の依頼サポートに加え、事務職として社員の勤務管理から新人採用まで幅広い業務を行っている。いわばマルチプレイヤーだ。

「そうか、半年から有休が出るんでしたね」

「はい。修司さん入社してからまだ一度も取られていないから。たまにはゆっくり旅行にでも行かれてみたらどうですか？」

「旅行かあ……。でも友達は仕事だろうしなあ」

まだ本格的に暑くない今は、旅をするには良い季節だ。窓の外は憎らしいほどの晴天だった。

「彼女さん……は、いや、失礼。プライベートなことでした」

名栢さんは真面目な表情のまま、眼鏡をくいっと上げた。

「その反応、逆に傷つきますよ。ま、いないですけど。ははは」

俺の乾いた笑いに、名栢さんも気を遣って「ははは」と声を合わせてくれた。そして、コホンと咳払いをするともう一度眼鏡を上げた。

「とにかく後で申請書を持って行きますので、有休を消化するのでしたら必要事項を記入して僕に渡してください。いない時はいつも通り、デスクの名栢BOXまで」

「了解しました。ありがとうございます」

「それではお先に」

名栢さんが立ち去ろうとしたその時、携帯に着信が入った。俺は名栢さんに会釈をして、電話を取った。

手短に会話を終えた俺は、食器を返却している名栢さんのもとに、後ろから駆け寄り声を掛けた。

「あのー、名栢さん」

「はい」

振り向いた名栢さんに、俺は尋ねた。

「この会社って、副業禁止でしたっけ?」

翌日、俺は久しぶりに派手な制服に身を包んでいた。

聞き馴染みのある自動ドアが開く音楽とともに、これまた聞き馴染みのある声が耳に飛び込んできた。

「ちーっす！　すぐ出るんでぇ！」

拓《たく》はそのままレジ前を通り過ぎそうになったが、足にブレーキをかけると「あれぇ⁉」とすっとんきょうな声を上げた。

「いいから、早く制服着てこいよ。タイムカード過ぎるぞ」

拓は、まじっすかーと叫びながら、バックルームへと消えていった。

「どうしたんすか？　まさかの復職？」

レジに入ってきた拓は何やら面白そうだと思ったのか、ニヤニヤ笑いながら言った。

「ピンチヒッターだよ。昨日バイトの田所《たどころ》から泣きそうな声で電話があって。先週入った新人さんが来なかった上に連絡しても繋がらないって」

「あれーマジっすかあー」

「『店長も連絡つかなくて、明日俺一人なんですよー！　田中さん日曜だから会社休みでしょ？　来てくださいよー』だってさ。まったく、人を便利屋みたいに」

「その便利屋を引き受けちゃうのが、修司さんらしいっすけどね」

「もう辞めたのに、いい迷惑だよ」

「もう辞めたのに引き受けちゃうのが、修司さんらしいっすけどね」

「うるさいなあ。相変わらずだな、お前は」

佐々木《ささき》拓。近所に住む大学生。このコンビニでアルバイトをしながら飲みサークルでコンパ三昧《ざんまい》――

そう思っていた拓は、現在俺が働く『ヒーローズ（株）』の社員だった。いや、社員なのかは疑わしいが、一応、社員ということらしい。道野辺さんに聞いた話では、スカウトを中心とした業務を行う、アンダーグラウンドな存在ということだ。

しかし、拓の正体を俺が知っている、ということを、多分、拓は知らない――

「ヒーローズはどうっすか？　いい会社っしょ？　俺が勤めてるだけあるっしょ？」

「って知ってたのかよ！」

「何が？」

「いや俺が、拓がヒーローズの社員ってことを知ってるってことをお前は知らないんじゃないかと思ってて……」

「あーちょっと何言ってるのかわかんねーす」

コイツは……。ヘラヘラ笑った拓に覚えた苛《いら》つきを、俺は腹の奥底に押し込めた。

「ところで、ヒーローズはどうっすか？」

「なんとかやってるよ。今週いっぱいは休みなんだ」

「えっ、やっぱクビ？」

相変わらずコイツは思ったことをそのまま口にする。

「やっぱってなんだよ。有休たまってたから取ったんだよ。副業禁止じゃないみたいだし」

「マジっすかー。休みまで仕事するって修司さん、さすが期待を裏切らないっすね」

「どんな期待だよ」

拓はケケッと笑った後、ふと俺に尋ねた。

「そういや、じいちゃんはどうっすか？」

去年入院した祖父のことを、まだ気にかけていてくれたのが少し意外だった。

「ああ。お陰さまでもう退院したよ。元気すぎるくらい元気になって、今ではたまに畑仕事までしてる」

「そうっすかー。そりゃ何より」

俺が「ありがとな」と礼を言うと、拓は聞こえなかったかのように鼻歌を歌い始めた。

「あのさ……ずっと拓に聞きたかったことがあったんだけど……」

「なんすか？　俺、そっちの気はねーっすよ？」

俺は無視して続けた。

「どうして俺を選んだの？」

「いやだから、そっちの気はねーっすよ？」

こいつは本当に……。

俺の苦虫を噛み潰したような顔を見て、拓はケラケラ笑いながら言った。

「単純に真面目だったからっすよ。もうキングオブ真面目」

「真面目っていうか……人に嫌われたくなかったんだよ。これ以上人生に波風立てたくなかったの。ただの臆病者」

「チキンってやつっすかー。いっときます？　共食いー」

カウンター上のホットスポットの中のチキンを両手で指差しながらヘラヘラ笑い続ける拓を、俺は横目で睨んだ。拓は気にせず続けた。

「別に人に嫌われたくないからチキンってわけじゃないっしょ。俺だって嫌われたくないっすもん。むしろ、嫌われてもへーキってヤツがレアなだけで。ま、虚勢じゃなく本心からそう言えるヤツなんてほんの一握りだと思いますけど」

そう言うと拓はおもむろにレジの金を数え始めた。

「なかなかいないんすよ、フツーってヤツが。実は真面目で普通な人が超レアなんすよ、近年。俺のデータではね」

「そうなの？　でもあんまり嬉しくないよ。真面目で普通って言われても」

「そうっすか？　じゃあ、なんて言われたら嬉しいんすか？」

「………カリスマとか？」

しまったと思ったときにはもう遅かった。

「カリスマ――！」

「嘘《うそ》だよ、嘘！　冗談！」

「マジ今からカリスマって呼びますよー！」

「やめろ、絶対やめろ。そんなことしたらもう二度と拓には会わない」

拓はレジから離れて引きつけを起こしそうなほどゲラゲラ笑った。こうなったらもう放っておくしかない。

「てかさ、拓ってちょっとミヤビに似てるよね。しゃべり方とか」

俺は拓が放棄したレジの金を数えながら言った。

「ミヤビさん、マジ俺のカリスマっすから」

拓が涙を拭いながら言った。俺は拓をじろりと睨んだ。

「いや、マジで。憧れてるんすよ。ミヤビさんは俺を沈んだ船底から引っ張り上げてくれた人なんで」

「沈んだ船底？」

「人にドラマありってね」

人にドラマありか。確かに。

「確かに。ヒーローズは訳アリ社員ばっかりだ」

「ヒーローズに限ったことじゃないっすよ。みんなドラマしょってるんすよ。何かと人に言えない過去があるんすよ」

「深いねえ」

「人生何十年って生きるんすからそりゃあね。失敗したことない人なんて逆に怖いっしょ」

拓は珍しく真面目なことを言った。

「みんな何かと人の失敗には攻撃的っすけど、結局それって自分に返ってきたりするんすよね。うまいことできてますよ、人生は」

金を数え終わった俺は「なるほど」と神妙に頷いた。

「だから、俺はなるべく人の失敗を責めないようにしてるんす。そのほうが自分が失敗したとき庇《かば》ってくれる人が多くなるっしょ？　そんな俺ってマジチキンっすよ。あーうめー」

「ってお前食うなよ！　バイト中だぞ！」

いつの間にやらホットスポットからチキンを取り出していた拓に、俺は驚いて叫んだ。

「だってもうすぐこれ廃棄だしー。俺腹減ってるしー。しかも俺ほんとは今日休みだしー」

「そうなの？　そういや田所来ないと思っ……。って、いや、だからってカウンターの中で食うなよ！」

「ちゃんとしゃがんでるしー」

拓はケケケと笑った。

「そういう問題じゃねーよ！　さすがに店長に怒られるぞ」

「あれ？　修司さん知らなかったんすか？」

「何が？」

「これ」

拓はしゃがんだまま自分の胸元を指差した。

「何?」

「こーこ」

名札をよく見ると名前の上に『店長』と文字が追加されていた。

「え―――――!」

存在感のない店長ではあったが、いつの間にか辞めていたのか。

と、いうことは……。

「連絡つかなかった店長ってお前のことかよ! ちゃんとしてやれよー!」

「だから、その後連絡ついて田所とシフト代わったんでしょ? 久しぶりに修司さんに会いたかったしー」

拓は白々しい笑顔で言った。

「えっお前からシフト代わったの? 今日俺が来ること知ってたの? なんで最初知らないフリしたの? ていうか、それなら拓と田所で勤務入ればよかったんじゃん」

「あーちょっと何言ってるかわかんねーす」

コイツは本当に……!

「ちゅーことで、フランチャイズは？」

「え……？」

拓がニヤリと黒い微笑みを浮かべて俺を見上げた。

「フランチャイズは？」

「……店長がルールブック……？」

「あざーす」

何があざーすだ！

「もうこの店むちゃくちゃだな」

間違いない。潰れる。すぐに潰れる。

「どうせ今日は客こないっすよ？」

「どうしてわかるんだよ」

「一本向こうの通りにまた新しいコンビニできたんすよ」

拓は丁寧にチキンの骨までしゃぶりながら言った。

「そうなの？」

「オープンキャンペーン中。修司さん家にもチラシ入ってたっしょ？」

「チラシなんて見ないで捨ててるし」

「ごっそーさんっした！」

拓はチキンの骨と包み紙を足元のごみ箱にポイッと捨てた。

「しかもうちよりも駅近。もう終わりっすかねー。この店も」

お前が言うなよ。仮にも店長のくせに。

「別に閉まるならそれでもいいんすけど、でもやっぱ俺的には終われないんすよね」

それは意外な言葉だった。

「へー、この店に思い入れあるんだ」

「思い入れってかねー。ほら、神田《かんだ》のばーちゃんがね……」

「神田のばーちゃん？」

「いつも来るばーちゃんすよ」

俺は一人の常連客の姿を思い浮かべた。

「ああ、いつも拓と仲良くしゃべってる」

「そっ。ばーちゃんのライフワークっすからね。この店は――って噂《うわさ》をすれば……っしゃいませー！」

「いらっしゃいませ」

「あらあら、今日は暇そうだこと」

入店してきた神田のばあちゃんは店内をぐるっと見渡して言った。

「今日も、っすね。もうあっちのコンビニ行きました？」

神田のばあちゃんは入口からまっすぐレジに歩いてくると、拓に近づき声を潜めた。

「行ってきたよ。敵情視察にね。まあ若い人向けだね、あっちは」

「こっちはばーちゃん向けっしょ？　なんたって俺がばーちゃんグッズ仕入れてんすから。赤いパンツ売ってるコンビニなんてここくらいっすよ」

「そんなもの仕入れて本当に売れてるのかね」

神田のばあちゃんは訝《いぶか》しむように眉根を寄せた。

「うちの売れ筋商品っすよー」

拓はしれっと笑顔で答えた。

「しょうがない、今日は陣中見舞いだからたくさん買っていくよ」

呆れたような神田のばあちゃんに、拓は「あざーす！」と元気にお礼を言った。

神田のばあちゃんが店を後にし、俺は拓に尋ねた。

「神田のばあちゃんってどうしてこんなにこの店を贔屓《ひいき》にしてくれるんだろ」

「そりゃあ、ばあちゃんにとって思い出の店っすから」

拓は隙間の空いた商品棚をチェックしながら答えた。

「この店が？」

「神田のばあちゃんはこの辺の地主さんで、一番初めのコンビニのオーナーだったんすよ。今はイギリスに住む孫の初バイトもこの場所だったらしいし」

「へえー。拓って本当に色んな人の情報知ってるよね」

「ま、それも仕事のうちなんで」

そう言って笑うと、拓は商品の補充をしに裏へ入った。

俺がカウンターの前でしゃがんでレジ袋の整理をしていると、コトンとカウンターに何か置かれる音がした。

「いらっしゃいませ」

俺は慌てて立ち上がって微笑んだ。レジ前にはランドセルを背負った小さな男の子が少し緊張した面持ちで立っていた。カウンターの上にはうちの商品ではない、仮面ダイバーのフィギュアが置かれていた。

「カッコいいね、それ。買ってもらったの？」

男の子はコクリと頷いて、たどたどしく言った。

「これ……いくらですか？」

カウンターの上にはフィギュアの他に、商品のようなものは見当たらなかった。

「ん？」

「これ……いくらで買ってくれますか？」

少しの間意味がわからずに「えーと……」と頭を巡らせた後、やっと彼が指している『これ』が、その仮面ダイバーのフィギュアであると気づいた。

俺は腰を曲げて少年に顔を近づけて言った。

「ごめんねえ。コンビニではたくさん物を売っているけど、物を買い取ってはいないんだよ」

「そうですか……」

彼は見るからに残念そうに顔を曇らせ、カウンターの上からそのフィギュアを引き取り立ち去ろうとした。

「誰かに聞いたの？　コンビニで買い取ってくれるって」

そのまま帰らせるのも忍びなくなり、俺は彼を引き止めた。

彼は立ち止まるとゆっくり振り返った。

「近所のおばちゃんが……、最近のコンビニはなんでもやってくれるって言ってた」

主婦の井戸端会議でも耳にしたのだろうか。

「そうだったんだ。残念だけど、どこのコンビニも買い取りはしてないと思うよ。せっかく来てくれたのにごめんね」

少年は首を振ると、再び立ち去ろうとした。俺は再度声を掛けた。

「どうしてそれ、売ろうと思ったの？」

少年は立ち止まり、少し俯いた。

「何か別の物を買おうと思ったの？　欲しいものがあったとか」

少年は黙って首を横に振った。

「じゃあ……飽きちゃったかな？」

少年は再び首を振った。

「それ誰かに買ってもらったの？　お父さん？」

少年は小さく頷いた。

「それなら大切に持っておいたほうがいいと思うよ。お父さん、そのほうが喜ぶよ、きっと」

振り返った少年の口はへの字に結ばれていた。しばらく黙って立っていたが、ようやっと小さな口を動かした。

「返そうと思って……」

「誰に？」

「お父さんに……」

「どうして？」

少年はまた口をへの字に結んだ後、意を決したように口を大きく開けた。

「これ、どこか買ってくれるとこ知りませんか？」

少年はフィギュアを握りしめたまま、真剣な瞳で俺に尋ねた。


バイトが終わった俺は、コンビニのすぐ裏手にある公園の前で、一人ブランコに揺られているさっきの少年を見つけた。

俺が「何してるの？」と隣のブランコに座ると、少年は俺にちらりと視線を寄越して言った。

「お父さん、仕事やめたいんだって」

誰かに相談したかったのだろうか。少年は何も聞かない俺に続けて言った。

「リストラじゃないからね」

小学二年生くらいにしか見えない少年の口から出るにはヘビーな言葉だ。

「リストラ……って何か知ってるの？」

少年は再びチラリと俺に目をやり言った。

「お兄ちゃん、なんにも知らないんだね。やめたくないのに会社をやめさせられることだよ」

凄い、ちゃんとわかってる。

「誰に聞いたの？」

「近所のおばちゃん。いっつも家の前で話してんだ。どこどこの旦那さんリストラされたのよーって」

少年はブランコを小さく揺らしながら言った。

「なるほど……」

そのおばちゃんは少々問題があるかもしれない。

「それでこの頃ずっとお母さんとケンカしてる。おれが寝てからいっつも大きな声で。聞こえてないと思ってるんだよね」

「そっかあ……」

俺はなんと声を掛けたらよいものかと考えながら、少年と同じようにブランコを揺らした。しばらくすると少年は再び口を開いた。

「でもさ、どうしてお母さんそんなに怒るんだろうね」

「まあ、お仕事辞めちゃうと色々ね」

主にお金がさ……。

「おれ、わかるんだ。お父さんの気持ち」

「そうなの？」

「おれも学校休みたいときあるもん。朝眠いときとか、新しいゲーム買ってもらったときとか」

「はは。それは俺もわかるなあ」

もしも金をあげるから働かなくてもいいよ、って言われたらどれだけ幸せか。誰もが一度は考えることかもしれない。

「でもね、ちょっと難しいかもしれないけど、働かないとお金がなくなっちゃうんだよ。ほら、ごはん食べに行くとレジでお金払うでしょ？」

「ならば食べに行かなきゃいいじゃん」

「えーと……。スーパーで夕ご飯の買い物するのもお金かかるでしょ？」

「でもさ、だったら違う仕事すればいいよね。そう思わない？　でもお母さんすっごく怒るんだ。どうしてだろう」

「ううーん、そうだなあ……」

仕事を辞めるリスクを子供に説明するのはなかなか難しい。そもそも貨幣価値をどこまで理解しているのかもわからない。

「友達の兄ちゃんがバイトしてんだって。凄くお金もらえるんだって。それで高いギターとかいっぱい買ってるんだ」

「そうなんだ、すごいね」

少年は「そう！」と勢いをつけるとブランコをブンブン漕いだ。

「いっぱいお金貰えるバイトがあるみたいだから、お父さんも会社やめたらバイトしたらいいじゃんって言ってみたんだけど……」

言っちゃったのかあ……

少年は足を地面につけ、ズズーッとブランコにブレーキをかけた。

「お父さん、笑うだけで何も言ってくれなかった……。お母さんなんか『大人の話に口出さないの！』って凄く怒っちゃって。……その夜、お母さん泣いてたんだ。だからもう言わない」

「そっかあ……」

両親の気持ちもわかるだけに、なんともやるせない。

「でもお父さん、やっぱり仕事行きたくないと思うんだ。いっつもすごく疲れた顔してるし、笑わなくなったし……。見てると可哀《かわい》そうなんだ。だからおれ、やっぱりお父さんは仕事やめたらいいと思うんだ」

「うん……」

「だから、これ売ろうと思って」

少年はポケットに無理やり突っ込んであったフィギュアを取り出した。

「仮面ダイバー……」

「おれだってお金がないとダメだってことくらい知ってるよ。フィギュアは高く売れるって、友達の兄ちゃんが言ってた。お金にして返してあげたら、お父さん喜ぶよね?」

少年は手に持ったフィギュアをじっと見つめて言った。

「それは……どうだろうな……。俺がきみのお父さんだったら、せっかくあげたものだし大切に持ってくれていたほうが嬉しいかもしれないな」

「そうかなあ」

少年は不服そうに唇を尖らせた。

「仮面ダイバー、嫌いになったわけじゃないでしょ？」

今も日曜の朝にやっている仮面ダイバーの番組は、確か子供に大人気だったはずだ。

「好きだよ。だって強いもん。仮面ダイバーは悪を倒すんだ！　正義のヒーローなんだよ」

「だったら大切に持っておこうよ」

少年はしぶしぶながらも「うん……」と小さく頷いた。

「でもおれ本当はね、お年玉いっぱい貯めてるんだ。だから、お父さん仕事やめても大丈夫だと思う。これお父さんに教えてあげたほうがいいよね」

希望に満ちた目で俺を見る少年に、俺は心苦しくも正直に答えた。

「いや、それは言わなくていいんじゃないかな？　ほら、それはきみの将来のためのお金だしね」

「そう？　おれお父さんにあげてもいいんだけどな。お母さん、お金お金って言ってた。だから、お父さんがおれのお金をお母さんにあげればいいじゃん。おれ、いま別に欲しい物ないし」

「うーん……でもそれは……言わないほうがいいと思うよ」

余計に切ない気持ちにさせちゃいそうだからなあ。

「いちおう来年のお年玉も使わずに貯めておこうと思ってるんだ」

その来年のお年玉を捻出すること自体がとても大変なのだけれど、それを説明するのはまた難しい。

「ショータ、バイバーイ！」

公園の前の通りから、彼と同じ年頃の少年が片手を大きく振りながら叫んだ。隣の彼は、その少年に向かって「バイバーイ！」と手を振り返した。

「ショータっていうんだ」

「うん！」

そう言うと彼はピョンとブランコから飛び降りて、落ちていた棒を拾い地面に大きく『将太《しょうた》』と書いた。

「お兄ちゃんは？」

「俺は、田中修司」

俺は将太の手から棒を借りて、同じように地面に漢字を書いてみせた。

「たなかしゅうじ」

「まだ習ってない漢字かな？　もう友達だから修司って呼んでいいよ」

将太の表情にパッと光が差した。

「わかった！　じゃあ、おれのことも将太って呼んでね！」

そう笑った顔は、無邪気な子供そのものだった。

「確かにさあ、子供の頃はお金はどっかから湧いてくるみたいな感覚だったよなあ」

三十階の社食でミヤビと並んで昼食を取りながら、俺は言った。

「イマイチ大切さがわからないっていうか。ないってことが感覚的にわからないんだよ。だからお菓子とか買ってもらえないとうちのお母さんはケチだ！って、それしか思わなかったもんなあ」

ミヤビはうんうん頷きながら納豆カレーを頬張っていた。

「親なんて好きで仕事してるんだと思ってたし。どんな仕事をしてても同じような給料貰ってみんな同じような生活できるんだと思ってたし。お金持ちの家の子も学校にいたりしたけど、そういう子は親の仕事がどうこうじゃなくって元からお金持ちなんだと思ってたよ。……って、ミヤビ聞いてる？」

「何馬鹿みたいな話してんだ」

そう言ったのは、いつの間にか後ろの席に座っていたリンリンだった。

「修司は金が天から降ってくるとでも思ってんのか」

「いや、そりゃ今はわかってるけど、子供の頃の話だよ」

「てゆーか、お前なんで会社《ここ》にいる。有休じゃなかったのか」

なんだか更に口が悪くなっていっている気がしたが、俺は気にせず答えた。

「あっそうなんだけど、食堂安いしおいしいからお昼食べに……」

「あっきれた奴だなー、お前は。なぜわざわざ休みに職場に来る。日本人だからか。日本人なら温泉にでも行って経済をまわせ！　普通は休みの日は仕事なんて思い出そうと思っても頭の中から消え去るもんだぞ」

リンリンはそう言うと背を向け、豪快にラーメンをすすった。

俺も自分のカツ丼に手を伸ばしながら、ミヤビに話し続けた。

「仕事辞めたいっても、何が原因かもわからないしなあ……」

「なんだブラックか？」

再び後ろから聞こえたリンリンの声に、俺は振り向いた。

「いや、ブラックかどうかはわかんないんだけど。結構深刻に辞めたがってるみたいなんだよね。まだ小さい子供がいるのにさ。ってことは相当辛いんだろうなって」

リンリンはラーメンの丼を手に持ち、こちらを向いてすすりながら言った。

「サービス残業させるヤツってな、相対《あいたい》する人の時間を『定額《ていがく》の給料《きゅうりょう》さえ払えば制限なしに引き出せるATM』とでも思ってんだよ」

いつもより流暢な話し方でリンリンは続けた。

「みんな金は大事にするくせに、時間を大切にしない。日本人は特に、クソみたいに時間に正確なくせに、なぜか自分の時間は大事にしない傾向がある。プライベートな時間は人生そのものなのに。勿体《もったい》無い事この上ない」

リンリンはそう言うと丼に口をつけごくごくとスープを飲みほした。一瞬「塩分大丈夫かな」と思ったが、口に出すと怒られそうなので黙っていることにした。

「時間と金は密接に関わってんだ。時間を大事にしろよ、修司。それがお前の人生を豊かにする。わかったらさっさと帰って好きなことしろ！　有休中に人の仕事手伝おうなんて思うなよ」

言うだけ言ってリンリンは颯爽《さっそう》と立ち去った。

「ねえ、ミヤビ。リンリンってどうして普段カタコトで話してるんだろ。あんなに流暢にしゃべれるのに」

「あーカタコトのほうが好きに暴言吐いても許してもらえるからッスよ。『あの子はまだ日本語勉強中だからー』ってね」

「なるほど……。さっきのって、一応俺のこと心配してくれたのかな？」

「さあーどうッスかねえー」

ミヤビはケケケと笑った。

時間と金は密接に関わっている――か。
俺はリンリンの言葉を頭の中で復唱した。

その日の午後、辞めた新人の代わりになぜかシフトに組み込まれた俺は、またコンビニにいた。しかも一時から三時と、たった二時間の勤務だ。

「時間を大事に……ねえ。でも、この時間も時給は貰えるから無駄じゃないよね」

相変わらず暇な店内でブツブツ言いながらレジ袋を補充していると、自動ドアがウイーンと開いた。

「修司!」

「おー、将太!」

元気に飛び込んできた将太に、俺は笑顔で手を振った。

「修司! おれ、すごいこと知っちゃった!」

将太は興奮しきった様子で俺に近づいた。

「なになに? どうしたの」

「修司だけ特別だよ! 誰にも言っちゃダメだよ!」

「わかった! 誰にも言わない!」

俺が口に人差し指を当ててみせると、将太は口に手を当てて、背伸びしながら俺に近づいてきた。俺もカウンターの上に乗り出し将太に近づいた。

「あのね………、カネの成る木があるんだ」

声を潜めて言った将太に、俺は一瞬どんな反応を返すのが正解かわからなかった。

将太はキラキラした瞳のまま俺の反応を待っていた。

「えっ……と……」

「だ、か、ら！」

将太は焦《じ》れたように俺の腕を引っ張り、再度耳元に顔を近づけた。

「カ、ネ、の、成、る、木！　お金ができるの！」

パッと離れた将太の目にはきらきらした希望の光のようなものが浮かんでいた。

「びっくりしたでしょ！」

将太は俺を見て満面の笑みを浮かべた。

「う、うん！　びっくりした！」

「絶対内緒だよ！」

「わかった！　内緒！」

「修司、どこにあるか知ってる？」

「ううん、知らない。将太は知ってるの？」

「おれも知らない。でもヒントはあるんだ」

将太は嬉しそうにニヤリと笑った。

「だから探しに行こうよ、修司！　さっさとバイト終わらせてさ！」

さっさと終わらせられるならいつでもそうするんだけどなあ。

無邪気な発言に苦笑いしながらも、俺の胸に一抹の不安がよぎった。


「どこでそんなこと知ったの？」

今回もまた公園のブランコに揺られながら、俺は前回とは打って変わって活き活きとした表情の将太に尋ねた。

「知りたい？」

「うん、知りたい」

「特別だよ！」

そう言うと将太はピョンとブランコから飛び降り、手提げ袋の中から一冊の本を取り出した。そして俺の前にそれを差し出し、声を潜めて言った。

「学校の図書室にあったんだ」

「へえー」

本の間に挟んであった栞《しおり》を目印にページを開くと、その一ページにはイラストが描かれていた。

「コレだよ」

将太は声を潜めたままで、そのイラストを指差した。冒険記らしいその本のイラストには、フック船長のようにひらひらと派手な服を着た冒険者が『カネの成る木』を発見し喜んでいる様子が描かれていた。カラフルに描かれたその挿絵は、確かに冒険者より少し小さい背丈の木に、金色をした円形のコインのようなものがぶら下がってピカピカ光っているように描かれていた。

「凄いでしょ！ ほんとにカネの成る木があるんだ！ これでお父さん、働かなくてすむよ！ 修司、早く探しに行こう！」

世紀の大発見をしたコロンブスのごとく、将太は興奮しきった様子で言った。

「すみませーん！」

「はーい、いらっしゃいませー」

花に囲まれた小さなお店で、素敵な笑顔を向けしゃがみ込んでくれた優しそうな店員さんに、将太は声を潜めて問いかけた。

「カネの成る木ってありますか？」

さぞがし困惑するだろうと思った俺の予想に反して、店員さんは笑顔で答えた。

「ごめんなさい。今うちには入荷してないのよ」

そして店員さんは笑顔を俺に向けて続けた。

「大きな観葉植物の専門店とかのほうが見つけやすいかもしれないですね。でも大人の人が一緒なら、インターネットで探すのが一番手っ取り早いかもしれません」

驚いたのは俺のほうだ。

「えっ！　実際にあるんですか⁉」

「はい。カネの成る木はありますよ」

困惑している俺を他所《よそ》に、将太は笑顔の店員さんに向け「ありがとうございました！」と元気よく頭を下げ、さっさと店を出た。

「やっぱりあるんだってよ！　修司！」

俺は嫌な予感がしてならなかった。

「他のお店も行ってみようよ！」

将太は上機嫌で俺の手を引っぱるように走りだした。

次に訪れた、街で一番大きな園芸店を後にして、将太はなお上機嫌だった。

「あそこの大きい花屋さんなら売ってると思ったのになー。残念」

やはりカネの成る木は見つからなかった。

「で、でもさ……。そんなに簡単には見つからないんじゃないかな。だって、カネの成る木なんて売ってたら、みんな我先に買いつけるでしょ？」

俺たちは神社の裏手にある山に向かって歩いていた。

「ワレサキニ？」

「えっと、先を競って……ええと、他の人より急いでってこと」

「そっかあ。それもそうだね！　だから最初のおねえさんはインターネットって言ったんだ！　修司、インターネット持ってる？」

将太は期待に満ち溢れた瞳で俺に尋ねた。

これは、持っていると答えれば『じゃあネットで買おう』ってなるよなあ。

「ええと……持ってな……ええと……」

答えに窮していると、タイミングよく後ろから聞き覚えのある声がした。

「田中さん！」

これ幸いと振り返ると、そこには久しぶりの姿があった。

「桜子さん！」

「かのじょ？」

将太の問いかけを耳にして、通りすがりのサラリーマンがチラリとこちらを見たのがわかった。

「ち、違うよ！　全然！」

制服姿の桜子が苦笑いを浮かべた。もうお縄になるのは勘弁いただきたい。

将太は桜子に近寄り声を掛けた。

「どういう関係ですか？」

お前は小姑《こじゅうと》か！　という声が喉まで出かかった。

「えっと……お仕事を依頼した関係です……」

苦笑いのままの桜子に、俺はジェスチャーで「ごめんね」と示した。

「このお姉ちゃん、動物のお医者さんを目指して勉強してるんだよ」

桜子が照れくさそうにエヘヘと笑った。

「へえー、獣医さんになるんだ！　すごいね」

この年頃の子供は言葉を知っているのか知らないのか、基準がよくわからない。

「まだなれるかわかんないけど、なれるように頑張ってるんだ」

そう言って微笑む桜子は以前よりずっと凛としていて、なんだか急に大人になったような気さえした。

「獣医さんになるのってやっぱり難しい？」

「そうだね。とっても難しいと思うよ」

「お金はいっぱい稼げる？」

「えっ？」

「おねえちゃんも、将来いっぱいお金稼げる仕事したほうがいいよ。ちゃんとお年玉貯めてる？」

驚いた顔で俺を見た桜子に、俺は二度目の「ごめんね」を示した。

「そっかあ、将太くんはカネの成る木を探してるのね」

桜子は目を細めて微笑んだ。

「おねえちゃん、どこにあるか知らない？」

「う――ん、おねえちゃんもわからないなあ」

「おねえちゃん、お金に困ってるなら一緒に探してもいいよ！」

慌てた俺にフフッと笑って、桜子は残念そうな顔をしてみせた。

「探してみたい気もするけど、今お勉強が忙しくて。お役に立てなくてごめんね」

「ううん、いいよ！ 獣医さんになるの大変だもんね。頑張ってね！ 修司は休みですることないから暇なんだって！」

コイツは……。

げんなりした顔の俺を見て、桜子が声を出して笑った。


「ねえ、お仕事のいらいってなに？」

山を散々散策した帰り道、将太が俺に尋ねた。

「ああ、さっきの桜子ちゃんが言ってたやつ？ 実は俺、コンビニの他にも仕事してるんだよ」

ていうよりも、そっちがメインなんだけどね。

「なんの仕事？ いらいってなに？」

「依頼っていうのは、うーん、俺に『こんなお仕事してください』って頼むこと。例えば……そうだな……『宿題がわからないから手伝ってください』とか」

「修司、宿題やってくれるの!?」

　将太が期待のこもった眼差しで俺を見上げた。

「いや、それは将太がちゃんとやるんだよ！　まあなんでも屋さんみたいなもんだから、例えば……ほら、今回みたいに『カネの成る木』を探してください、って頼むことも依頼になったりするんだ」

「じゃあ、俺も修司に依頼する！」

「ええと……依頼は大人になってからじゃないとダメなんだよ。お金もかかるしね」

「そうなんだ。修司、宿題の他には何ができるの？　なんて会社なの⁉」

　まるで何かの面接のようだな。

「ヒーローズ株式会社ってところだよ。『ヒーロー』を作ったりするのが主な仕事かな」

「ヒーロー作るって何⁉」

　将太の瞳がかつてないほどキラキラと輝いた。

　ああ、しまった。子供が好きそうなワードを出してしまった。

「例えば……将太をヒーローにしてください！　とかね」

「ええー嘘だあー！」

　将太は口を目いっぱい開けて言った。

「本当だよー」

「うっそだよー！」

俺は将太の小憎たらしい笑顔を指で小突いた。

「ほ、ん、と」

「じゃあ、仮面ダイバーとも友達？」

将太は途端に真顔になって俺に尋ねた。

「うっ、まあ、それはそうでもないけど……」

「えーつまんなーい。じゃあ、誰と友達なの？」

「ええと……、あっ、おにぎり戦隊具レンジャーとかは友達だよ」

将太はキョトンとした顔を見せた後、再び大口を開けて笑った。

「なにそれ⁉ しらなーい！ 変なのー！」

「は、はは……」

確かに、改まって聞くと変な名前だ。去年、一緒に仕事した人たちなんだけどな。

「でさあ、修司インターネット持ってるの？」

そんなことよりも、と言わんばかりに将太が俺の袖を引いた。

忘れていなかったのか、その話題。子供なのに記憶力がいいな。

「ええとねえ……。持ってるけど……家にあるから……」

「じゃあ、今から家行こうよ！」

「ええ!? ダメだよ！ 知らない人の家についていっちゃダメって、学校で習ったでしょ？」

「だって修司は知らない人じゃないもん。友達の家には行ってもいいんだよ」

将太は当然といった表情で言った。

「もし怖い人だったらどうするの？」

「ばっかだなー。怖い人についていくわけないじゃん！ 修司も変な大人についてっちゃダメだよ？」

「あ、はい……」

「じゃっ、早く行こう！ 五時までに帰らないと怒られるから！」

どこへ向かうのかもわかっていないのに先頭切って走りだした将太を、俺は慌てて追いかけるしかなかった。

「家めっちゃ近いじゃん！ おれの通学路だよ」

紛れもなく俺の安アパートの前で、将太は楽しそうに言った。

「うん、そうだね……」

俺はもうなんだか諦めの境地に立っていた。

「はやく、インターネットみよう！」

「はい……」

玄関の鍵を開けると、将太が俺を押しのけ「おじゃましまーす！」と入っていった。

ちゃんと挨拶して偉いね、と俺は心の中で呟いた。

「けっこう狭いね！」

悪かったな。俺は心の中でさっき褒めた言葉を撤回した。

「一人暮らしだから、こんなもんだよ」

「一人なの？ 修司、お母さんいないの？」

途端に将太が声色を変え、心配そうに言った。こういうところはやっぱり子供だ。

「お父さんとお母さんは別に暮らしてるよ。もう大人だから、一人でも平気なの」

「お嫁さんは？」

「いません。すいません」

「なんで謝るの？」

「なんでもないよ……。それより、さっ！ ネット探してみるよ！」

「うん！　はやくはやく！」

　嬉しそうな将太を机の前に座らせ、俺はパソコンを開けた。

　結果、カネの成る木は存在した――しかし、それは将太が探していたものではなかった。

「多肉植物……」

「それ、なあに？」

「これ、見てごらん」

　俺はパソコンの画面を指差した。

「これが、そうなの？」

「うん。カネノナルキ。でも、多分将太が探してるのとは違うやつだ」

「そうなの？　ちょっと待ってね」

　将太はランドセルから本を引っ張りだした。

　パラパラとページをめくり、イラストのカネの成る木を食い入るように見つめてから、パソコン画面の横に本を並べ、それらを交互に見た。

「なんか、違うね」

「うん。ここ読むね。……丸い葉っぱが硬貨に似ていたため『カネノナルキ』と呼ばれた」

「にせものかなあ……。でも、もしかしたら本物かも！　買ってみてもいい？」

将太は期待に満ちた目で俺を見上げた。

「いやあ……それはなあ……」

俺は言葉を濁した。

「大丈夫、おれお小遣いあるから！　でもやりかたわかんないから修司が買って？」

困った俺は、最終手段のセリフを口にした。

「ええと……将太のお母さんがいいって言ったらね」

将太はふくれっ面になってみせた。

「ダメだよ！　お母さんはすぐ怒るんだから。おれの貯めたお小遣いで買うんだからいいじゃんか！　修司のケチ！」

ああ、同じだ。小さい頃お菓子を買ってくれないお母さんに「けち！」と言った俺と同じだ。

俺はいたたまれない気持ちになった。

そして、それと同時に少々面倒なことになったとも思った。

これからどれだけ探しても将太の探すカネの成る木は見つからない。どれだけ山に登っても、お店を探しても見つからない。

そして、仕事をしている俺はずっとそれに付き合うわけにはいかない——

俺はしばらく考えた後、意を決して、将太に言った。

「ごめん、ないんだ……」

将太はふくれっ面のまま俺を見上げた。

「本当はカネの成る木なんてないんだ」

「……嘘だよ」

「お金は働いて手に入れるものなんだ。まだ将太には難しいかもしれないけど」

将太の目に怒りがこもった。

「難しくなんてない！　子供扱いするなよ！」

「将太、あのね……」

「修司が知らないだけであるんだよ！　お店の人もあるって言ったじゃん！」

「それはこのネットに載ってた木のことで、これにはお金は成らないんだ」

「じゃあ、みんな知らないだけだよ！　だって本に書いてるもん！　おれは探すから！　もういいよ！　ネットかしてよ！　俺だって使い方知ってるんだから！」

将太は机に身を乗り出し、パソコンを自分のほうに引き寄せた。

「将太、もう帰らなきゃ五時過ぎちゃうから……」

将太は俯いてグッと唇を嚙みしめた。

「送っていくから、ね」

将太の背中に手を添えると、将太は無言で立ち上がり、本をランドセルにしまい、玄関で靴を履きはじめた。

「えらいね、将太」

俺も靴を履こうとすると、将太が「いい！」と俺を制した。

「いつも通ってる道だから」

「でも……」

将太はドアノブに手をかけガチャリとまわすと、立ち止まり振り返った。

「おれ、絶対見つけるから。お父さんにあげてみせるから！」

今にも泣きだしそうな顔でそう叫ぶと、引き止める間もなく玄関から飛び出してしまった。俺が慌てて靴を履いて玄関を出ると、将太の小さな背中はもう角を曲がるところで、すぐに見えなくなってしまった。

翌日の火曜日、俺は罪悪感とほんの少しのホッとした気持ちが入り交じった複雑な感情でコンビニのカウンターに立っていた。

将太を助けてやりたい気持ちはあるが、どうしようもないこともある。俺はどうしたってカネの成る木を見つけてはあげられないんだ。

今日は昼上がりだから将太が来る前に帰ることになる。シフトだからしょうがないじゃないか、と自分に言い聞かせてみるものの、昨日の将太の悔しそうな顔が脳裏にこびりついて離れなかった。

「修司さん、なんか今日元気ないっすね」

なぜが拓はずっと俺と一緒のシフトを組んでいた。

「そうかな……。なんか最近、お金の話ばっかりしててさあ」

「世知辛いっすねー。誰とっすか？」

「小学生……」

「えっ？」

「ねえ、ちょっと相談したいんだけど……」

「俺、カネねーっすよー」

拓が両手で胸の前で大きくバツ印を作って言った。

「いや、そうじゃなくて。あのさ、カネの成る木を探してる小学生がいるんだけど」

「カネの成る木？」

「どうしたらいいかなあ？」

「作ってみたらいいんじゃないすか？　何かの木に折り紙とかの金色くっつけて」

拓はあっさりと答えた。

「いや、それで騙せるほど子供ではないと思うんだよなあ。でもないって説明できるほど大きくもなくて……。難しい年頃なんだよなあ。本気であるって信じてるんだよ。花屋とか見てまわったり、山に登ったりしてさ」

拓は下唇と突き出し、「うーん」と唸った。

「そうっすねえー。んじゃ、もっと大人に相談してみましょうよ」

「もっと大人？」

「そう、亀の甲より年の劫《こう》ってね。そろそろ時間だと思うんだけどなー」

言うや否や自動ドアがメロディとともにウィーンと開いた。

「来た！　亀！　じゃなくって年のほう！」

「あら、なんか失礼な話してるねえ」

そう言って神田のばあちゃんは眉間に皺を寄せた。

「――と、いうことなんですよ。何か良いアイディアありませんか？」

俺の話を聞いた神田のばあちゃんは「ははは」と笑うと言った。

「この世に簡単に金を生み出す方法があるならみーんなそれをやってるよ。そんなものないから手探りなのさ」

「それは僕も理解しているつもりです」

暇な店というのはこういう時にはとても良い。俺がカウンター越しに話し込んでいる間、客はなんと一人も来なかった。

「あんたはその子をどうしてやりたいんだい？」

神田のばあちゃんはカウンターに手をつき、リラックスした様子で言った。

「俺は……正直、もうカネの成る木のことを諦めてくれたらいいのになって」

「あんたサンタクロースを幾つまで信じてた？」

突然の質問に俺は思わず「え？」と返した。

「俺は最初っから信じてなかったっすよ」

「拓に聞いちゃいないよ。でもこの兄ちゃんは信じてたクチだろう？」

話に割って入った拓を見ると、手には蓋の開いたコーラがあったが、気にしないことにして俺は答えた。

「はい……小さい頃は……。いつまでだっけなあ……確か四年生くらいまでは信じていたような……」

「子供が信じていることを卒業するのには、それ相当の時間がかかるんだ。そしてそれは身勝手な大人の都合で無理やりに卒業させるべきじゃあない」

それは確かにそうだ。俺は俯いた。

「でも、俺いまは有休中なんでここにいますけど、あと五日後には本来の仕事に戻るんです。だからいつまでもカネの成る木探しに付き合うわけにもいかなくって、どうにかして諦めてくれたらなって……。こんなこと思うのやっぱり冷たいですよね」

「あんたは冷たいんじゃなくて、優しいんだよ。だから真剣に悩んでやってるんじゃないか。きっとその子にとってあんただけだよ。一緒に悩んでくれる大人は」

神田のばあちゃんは優しく微笑むと、俺の腕をポンポンと叩いた。

「拓には前に話したかね。『病めるときも健やかなるときも、カネがないときもあるときも、心が満たされているときもそうでないときも、全ての人類に平等に与えられたもの』とは何だと思う？」

突然のクイズに俺は「ええと……」と首を捻った。

「わからないかね」

神田のばあちゃんはニヤリと笑った。

拓が「はい！」とコーラを持った右手を上げた。

「あんたに聞いてるんじゃないよ」

その声が聞こえないフリをして、拓は手を挙げたまま答えた。

「一日二十四時間！」

神田のばあちゃんはやれやれ、と笑った。

「その通り。どんな大金持ちも、どんな貧乏人も、大統領であっても、会社員であっても、一日に与えられるのはみんな同じ二十四時間」

「一日に二十四時間……」

ふとリンリンが言っていた『時間を大事にしろ』という言葉を思い出した。

神田のばあちゃんは続けた。

「時は金なり。タイムイズマネーと言ってね。その言葉の通り、時は金と等しく大事な存在なんだ。あと五日しかないのか、あと五日もあるのか。その間あんたに何ができるのか、その子をどうしてやりたいのか。あんたは今日というこの二十四時間をどう使うのか」

今日という二十四時間を――

「自分の心や体は思い通りにはいかない。どれだけ注意深く扱っていても病気になることもある。人のものもまたしかり。どれだけ尽くそうが、どれだけ欲しようが完全に支配することなどできない」

そう言ったのは拓だった。

「一日二十四時間という時間。これは唯一、全ての人類に平等に与えられたものであり、唯一、自らが支配できるものだ」

神田のばあちゃんが驚いたように笑った。

「あんたは人が言ったことをよく覚えているねえ」

「あざーっす」

得意げに笑った拓を見て、俺は「拓って本当はすごく頭がいいのではないか」と思ったが、口に出すのはなんとなく癪《しゃく》に障るのでやめた。

自動ドアが開きお客さんが入ってきたタイミングで、神田のばあちゃんは「亀はのろのろ去るとしようか」と店を後にした。

「将太」

俺は学校の門から友達と出てきた将太に声を掛けた。

「修司……！」

将太の顔がぱっと明るくなった。

「将太、怪しい大人と仲良くしちゃいけないって先生が言ってただろ？」

一緒にいた友達が将太の袖を引っ張りながら言った。先日、公園にいた将太に声を掛けた子だ。

「修司は怪しい大人じゃないよ」

将太は真剣な表情でそう言ってくれた。

「じゃあ何してる人だよ」

「修司はヒーロー作ってるんだ」

ああ、そういう言い方すると我ながら凄く怪しいなあ。

「うっそだあー！」

予想通りの反応が返ってきた。

「本当だよ！　ねっ！」

将太は一生懸命俺を見上げた。

「え――――と……ヒーローズ株式会社ってところで、ヒーローを作ってるんだ」

「ヒーローズだって、ばっかじゃねえの⁉」

俺は子供らしい無遠慮な声に苦笑いした。

「変身できんのかよ」

「変身は……できないかなあ」

「なにそれダッセー。全然ヒーローじゃないじゃん」

そうなるよなあ。

「僕たちがヒーローなんじゃなくて、一応ヒーローたちを作るっていうお仕事なんだ」

「意味わかんねー」

「そうだよね。僕も最初、意味わかんなかったよ」

俺は苦笑いを続けるしかなかった。

「ヒーローなんて、テレビの中しかいないんだぜ」

「変身できるヒーローはそうかもしれないね。でも僕はみんながヒーローだと思うなあ」

「うわっ。それ中二病ってヤツだ」

「どこでそんな言葉覚えてきたの」

ちょっと違う気がするし……

「どこだっていいじゃん。大人はすぐそれ言うよね」

「そうか、確かに言うよね」

「大人は子供なんて何も知らないって思ってるんだよ。でも俺は大人の世界のことだって知ってる。何だって知ってる。知らないのは大人のほうだよ。おれらのこと何にもわかってないんだから」

「何もわかってない、かあ……」

その言葉は俺の胸にまっすぐ刺さった。


友達と別れた後、俺と将太はコンビニで買ったラムネを食べながらいつもの公園のブランコに座った。

「ねえ修司。おれも大人になって、修司にお金はらったらヒーローつくってもらえる？」

将太がブランコをゆらゆら揺らしながら言った。

「もちろんだよ。大きくなったらおいで。将太ヒーローになりたいんだ」

「おれじゃなくてお父さんだよ。お父さんをヒーローにしてくれる？」

一瞬、胸が詰まった。

「……もちろんだよ」

「そしたらもうお父さん仕事やめても大丈夫だよね。だったら俺、頑張って早く大人になるよ」

そう言った将太の目は真剣そのものだった。

「うん……。将太、カネの成る木のことなんだけどね、やっぱりもっと探してみようか」

将太が驚いたように俺を見た。

「昨日はないって言っちゃったけど、確かに俺が知らないだけかもしれない。だから将太の気が済むまで探そう。でもね、俺も将太のお父さんと一緒で、お金を稼ぐ為に仕事をしているんだ。だから、ずっと一緒に探すことはできないんだ。それでもいいなら、あと五日だけでいいなら、俺は一緒に探したい」

「ありがとう」

将太が笑った。

「でも、もういいんだ」

そう言うと将太はブンブンとブランコを漕ぎ始めた。

「えっ、いいの？　でも、もしかしたらどこかにあるかも……」

将太は勢いよく漕いだブランコから手を離し、宙に飛び出した。

「あっ、危ない！」

ザザーッと地面にしゃがみ込むように着地した将太は、振り返って笑った。

「大丈夫⁉」

「ぜんっぜん大丈夫だよ！　修司できないの？」

「ああ……できない……かな」

そう言われて、昔は平気でブランコから飛び降りたりしていたことを思い出した。今では見ていて怖くなってしまうけど、あの頃はちっとも怖くなんてなかった。

将太は手についた土をパンパンと払いながら戻ってきた。

「カネの成る木、みんなに聞いたんだ。先生にもお母さんにも。でもみんなないって言ったよ。本の中だけのお話だって。だから、きっとないんだ」

将太はあっさりと言った。

もしかしたら、子供は大人が思っているより、ずっと大人なのかもしれない。

「もし見つけたら修司だって欲しかったよね。でもないんだって」

「そっか……。残念だな」

「ごめんね。でも、楽しかったよ！」

将太は笑顔で言った。

「うん。俺も楽しかったよ。山で木登りなんてしたのすごく久しぶりだったし」

「じゃあ、よかったね！」

俺も笑顔を返した。

「うん、よかったよ」

これで一件落着した。そう思った翌日のことだった――

バイトが終わってコンビニから出ると、将太が待っていた。

「ごめん、修司……」

「将太、どうしたの？」

「おれ……お金……持ってこれなかったっ……！」

そう言うや否や、将太は声を上げて泣きだした。ワンワン泣きだした。

「お金⁉　どうしたの？　将太、なんの話？」

「つうちょう……」

「通帳？」

「お年玉……持ってこようと、思ってて……。でも、お母さんに、見つかってて……！

しゅ、修司に、お父さんをヒーローに戻して欲しかっ……」

将太はしゃくり上げながらも一生懸命にしゃべっていた。

「まだっ、大人じゃないけどっ……お金あったら、修司にいらいっ、できるかなって
……。でも、でもっ……」

子供なんだよな。まだまだ小さな。

この小さな心にどれだけの不安を抱えてきたんだろう。

気づくと俺も、目頭が熱くなっていた。

俺は将太の目線までしゃがむと、しゃくり上げて揺れる細い両肩にそっと手を添えた。

「大丈夫。俺がお父さんを、元のヒーローに戻してあげる」

将太はひっくひっくと息を刻みながら、途切れ途切れの言葉で言った。

「でもっ……、おれ、お金っ……持ってきて、ない、から……」

俺は将太の顔を覗き込みながら言った。

「いま有給休暇中なんだ。だから、契約外のサービスだよ」

将太はまだ荒い呼吸を飲み込みながら、眉間に皺を寄せて首を傾げた。

「どういう意味……？」

「時は金なりって言ってね。けど金銭にならなくたって、すごく大切な時もあるんだ。お金と同じくらい大事な時間をどう使うのか。俺は、それを問うのが〝タイムイズマネー〟の本来の意味だって思うんだよ」

「わかんないよ……」

将太は不安そうな瞳で立ち上がった俺を見上げた。

「友達だから助けたいってこと」

「ほんとう……？」

「きみからの依頼を受けよう。無料でね。では将太さん、これからもう少し詳しく話を聞かせてもらいますよ」

俺がニッと笑うと、将太は赤うさぎの目のまま泣きながら笑った。

＊＊＊

ガチャッと玄関の開く音がして、おれは慌てて玄関まで走った。「ただいまー」とお父さんの声がした。

昨日、仕事から帰ってきたお父さんは泣いた。すごく久しぶりに俺を高い高いして、そのまま抱っこして「大きくなったら何になりたい？」って聞いた。おれは正直に答えたんだけど、そしたらお父さん泣いちゃった。

でも悲しくて泣いたんじゃないってわかる。だってお父さん笑ってたから。人は嬉しくても泣くんだってこと知ってる。おれもう子供じゃないし。

あれから毎日コンビニに行くけど、修司はいなくなってた。

きっともう一つの仕事に戻ったんだと思う。修司もお金稼がなくちゃいけないし。けどわかる。修司が約束を守ってくれたこと。だってお父さんが元のお父さんに戻ったから。今朝は笑顔で「いってきます」って仕事に行ったんだ。

そんなお父さんは、仮面ダイバーよりもちょっとだけカッコいいと思うんだ。

STAGE3

柔らかな殺人者

★★★☆☆

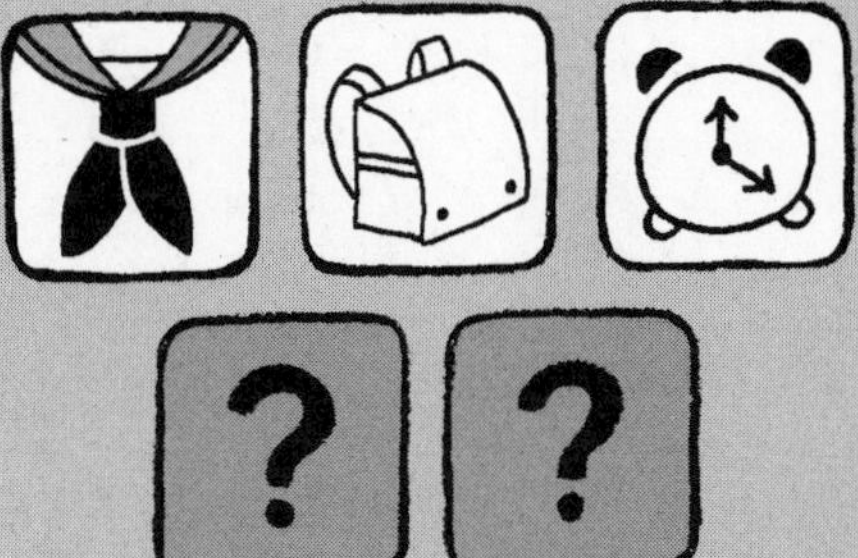

START!!

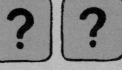

——あなたのその手がゆっくりゆっくり首を絞めていく。徐々にその手にこもる力にあなたは気づいていないでしょう。どうしようもなく苦しいことにあなたは気づいていないでしょう。けれど確かにあなたの手は私の首を絞めていく——

「何書いてるんですか？」

突然後ろから掛けられた声に私は慌ててB5サイズのメモ帳を閉じた。

「うわあああ！」

土岐川《ときがわ》は私の驚くさまに驚いたようで、バツが悪そうに「すみません」と頭を掻《か》いた。

「いや、いや、こちらこそ大袈裟《おおげさ》に驚いて申し訳ない」

部下の中でも唯一慕ってくれる土岐川は、私の隣に腰を下ろすとプシュッと缶コーヒーのプルタブを引いた。

「一生懸命書いてらしたので、気になっちゃって」

「何、ただの競馬予想だよ」

カモフラージュに競馬新聞を用意していてよかった。私はそれをわざとらしく広げメモ帳を隠した。

「あれ、競馬？ 南《みなみ》さんもやるんですね」

「やるってほどでもない。話題になってたからな。ただの気まぐれ、ミーハーだ」

「でもビギナーズラックってありますからね。僕は初めてパチンコ打った時それに当たりましたよ。もうジャンジャンバリバリ止まらなくって」

「それでハマって今では泣かされてるってか」

「ははは、手厳しいですね。最近ではほどほどにしていますよ」

「ほどほどってのが一番怖いんだぞ」

「本当ですって。本当にほどほどに……」

そこまで言いかけて何か不都合な記憶が蘇《よみがえ》ったか、彼は「ははは」と笑って言葉を濁した。

その日の帰り、土岐川を安い居酒屋に誘った。土岐川は職場で唯一と言っていい、気心知れた後輩だった。最初の一杯だけビールを頼んだ後は、私がキープしてある焼酎をロックグラスに注ぎ二人でチビチビやるのが彼と飲むときの定例だ。会計はもちろん先輩である私持ちになる。土岐川はこちらの懐事情を考慮してくれているのだろう。良い後輩だと思う。

「あっという間に歳を取ってるんだ。年々早く感じるよ」

焼酎が四杯を超えたところで、少々口が緩んできた。

「確かにそうですよね。毎日が単調だと特に早く感じますよ」

土岐川は淡々と言った。彼は酒に強い。少なくともベロベロに酔っぱらった姿を見たことはない。

「時間というのは歴史上で見ても残酷な殺人犯だと思わないか」

「ええ？　なんですか、急に」

「柔らかく柔らかく人を殺すんだ。真綿で首を絞めるように、人を追い詰めていく」

「どうしちゃったんですか、南さん」

土岐川は愛想笑いを見せた。こいつ酔っぱらってきたなと思っているのだろう。

「いや、ただの酔っ払いの戯言《ざれごと》だよ。忘れてくれ」

毎日毎日、なんの為に働いているのだろう。私の仕事は人の役に立っているのだろうか。誰からも感謝されず、誰からも存在を認識されず、ただ犯罪者の世話をする。彼らに衣食住と時に最低限の娯楽を。それらをつつがなく提供する留置管理が私の仕事だ。光を浴びて表舞台で華々しく犯罪者を捕まえる刑事とは違う、決して表に顔を出さない日陰の仕事だ。自分がやりたかったことではない仕事で金を稼ぐ。毎日毎日うんざりしながら出勤する私を、息子はどう思うのだろう。彼がもう少し大きくなった時、そんな私の背中から人生の希望を感じ取れるのだろうか。

「──さん、南さん」

土岐川の声に我に返った。

「悪い、ちょっと飲みすぎた」

「大丈夫ですか？　今日は帰りますか」

「悪いな」

私は早々と土岐川と別れ、店を後にした。

その夜のことだった。私はおかしな男と出会った。

男はスーツにシルクハットのような帽子を被った出《い》で立ちで、私の前に立ちはだかった。そして、おもむろに帽子を外すとそれを胸の前に掲げ、怪盗ルパンにでもなったつもりか、足をクロスして礼をしてみせた。

大道芸人だろうか。酔っ払いを相手に小銭でも稼いでいるのか。

しばらく思案していると、男は怪しく微笑んだ。そして口を開いた。

「わたしは時間の使者です。南伍朗《ごろう》さま、もう一度、昔にお戻りになりませんか」

どうやら私はよっぽど酒を飲んだらしい。でなければ、この男の頭がおかしい。一体どちらだろう。私は瞬時に頭を巡らせた。そして、この男の頭がおかしいのであろうとの答えに至った。それならば取るべき行動はひとつ。なるべくこの男を刺激せず、速やかにお帰りいただくことだ。

私は静かに男に問いかけた。

「そのシルクハットで戻してくださるのですかな」

「これは……」

男はシルクハットに視線を落とし、苦笑いした。自身でも半ば呆れているような、少々恥じているようなその表情は、特段頭がおかしい人間のようには見えなかった。

「冒険者の格好ですよ」

「はい？」

「とある勇敢な冒険者の話です。本当はもっと煌《きら》びやかな服を着ていたのですが、さすがにそれは用意できなかったので、せめてハットだけでも」

しかしやっぱり言っていることはおかしい。どうして用意する必要があるのか。

「本当は時間の使者ではなく、冒険者として南伍朗さまの前に現れる予定だったのですが、居酒屋でのお話を伺いましてね」

「伺いって……。盗み聞きじゃないか。私の名前もその時に……、いや違う」

私はあることに気づいて、背筋がぞっとした。

「どうして私のフルネームを知っているんだ」

「それは企業秘密です」

「ふざけるな。私は家に帰らせていただく」

「お待ちください」

男が私の進路を妨害するように立ち塞《ふさ》がった。

「付きまとうな！　今後私に付きまとってみろ。……警察沙汰にするぞ」

低い声で凄んだ私にひるむことなく、男はニコリと笑った。

「警察官なら今この場にいらっしゃるではないですか」

今度は背筋がサーッと寒くなった。

私は言葉を発することもできずに、大きくなる呼吸を必死に抑えながら男を睨んだ。

この男は知っている。私が警察官であるということを。もしかしたら留置管理の仕事をしていることも知っているのかもしれない。

どうやって調べた。このおかしな格好、物好きな探偵か？　そもそもなぜ私をマークした。まさかこんなふざけた奴が公安ではあるまい。となると被疑者の関係筋か。

私に恨みを抱いている奴でもいるというのか。これでも被留置者には丁寧に接してきたつもりだ。私が逮捕したわけでも起訴したわけでもない。恨まれる覚えなどないぞ。人違いで恨まれているのではないだろうな。

「わたしは、あなたの息子さんの名前も知っていますよ」

カッと頭に血が上った。

「ふざけるな！　お前は一体何者だ！」

思わず男の胸倉を摑んだ。一方で冷静な頭で考えた。

――――勝てる。

これでも一通りの武術は嗜《たしな》んできた。組み合えば相手の強さもだいたいわかる。少なくとも力で負ける相手ではない。たとえ組みしくことができなくとも、この場をやり過ごせば応援を呼ぶこともできる。

しかし男は両手を上げたまま、穏やかに微笑んでいるだけだった。

抵抗せず、逃げようともせず、反撃するそぶりもない。

私は男の襟元を摑んだ両方の握りこぶしをゆっくりと緩めた。

「大変失礼致しました」

そう言ったのは男のほうだった。

「わたしはあなたの敵ではありません」

ならばなぜ挑発するようなことを言うのか。私は真正面からじっと男の目を見つめた。

不思議なことに男の目からは敵意を感じない。

一体、この男の目的はなんだ。

私はしばらく思案した後、ようやく男から視線を外した。

「ここではなんだろう。戻るか」

先ほどまでいた居酒屋に顎をしゃくった私に、男は意外そうに目を見開いた。

「わたしの話を聞いていただけるのですか？」

「いいだろう、聞いてやろう。先に歩け。ゆっくりだ」

少し口の端を上げて微笑んだ男はゆっくりと私に背を向け、居酒屋へと歩を進めた。

今この男を捕まえたところで、何か危害を加えられたわけではない。拘束することなどできない。ならばこの男の目的を知るのが先決だ。どうして私のことを調べたのか。それにこの男が私や家族の情報をどれだけ摑んでいるのか知りたい。

私には覚悟があった。

なんとしてでも息子を、家族だけは守らなければ。

それが私の人生唯一の宝なのだ。

「ところで南さま、転職を考えていらっしゃるとか」

居酒屋の粗末な椅子に腰かけたとたん、男は口を開いた。

私は拍子抜けした。なんだ、どこかの会社のヘッドハンターか。それなら家族構成を調べていても不思議ではない。

それにしてもどこから私が辞職したいと思っているなんて情報が……いや、案外こういった居酒屋に張り込んで、酒で口が滑った獲物を狙っているのかもしれないな。今後は周囲にもっと気を配らなければ。

「次はどういったお仕事をお探しで？」

しかし残念ながら私に目をつけたのは失敗だ。

「私はまだ何も決めていませんよ。酒の弾みでつい辞めたいなどと口走ったことは、もしかしたらあるのかもしれない。しかし、あなたがご存じの通り家族もある。簡単に転職などできません。残念ですが、とんだ見込み違いでしたな」

私は男のグラスにキープボトルの焼酎を注いだ。男は恐縮しながらグラスを傾けた。

「酒の弾み、ですか。ということは酒の弾みで口が滑る程度には辞めたいと思われていると」

今度は私のグラスに焼酎を注ぎながら男が言った。

「その程度に辞めたいと思っている人間なんて、山のようにいるでしょう。居酒屋で数時間粘ればその手の話は嫌というほど耳に入る。あなたも大変なんでしょうが、とにかく仕事のスカウトなら他を当たってください」

「仕事のスカウトではありません」

「では何を？」

「あなたが仕事を辞めないということが本当なら、わたしの役目はございません」

「意味がわかりかねますな」

男は小さな声で「いただきます」と私に声を掛けると、焼酎の入ったロックグラスを口へ運んだ。傾いたグラスから、カランと小気味よい氷の音がした。

「しかし信じられない」

男は焼酎を冷やすようにカラカラとグラスをまわしながら言った。

「何がです」

「あなたの顔には『明日にでも辞表を叩きつけたい』と書いてある」

私は男を鼻で笑ったが、男は気分を害した様子もなく続けた。

「わたしにはわかるのですよ。あなたはこう思っていらっしゃる。仕事を辞められないのなら、死んでしまうかもしれない。いや、殺されるかもしれない」

「殺されるとは大袈裟な」

「殺されるかもしれない。ゆっくりゆっくりと、真綿で首を絞められるように」

さっき私が土岐川に言ったセリフだ。

「……よく人の話を盗み聞きする人だ」

「わたしもそう思うのです。時間とは、とても柔らかな殺人者であると」

「仕事ではなく、時間がですか」

「仕事により殺される人間は存在すると思います。しかしそんな時でも実際に人を殺しているのは時間なのではないかと思うのです。ただ全ての人に等しい速さで流れるだけ。けれど、最終的には確実に人を殺す。ゆっくり、ゆっくりと。わたしはそれを〝人生〟と呼んでいます。わたしたちは時間から逃れられない。どう殺されずに生き抜くか。常に時間と戦っているのです」

私は黙ってグラスを傾けた。男の正体がわからない限り決して酒に酔うようなことはしないでおこうと思っていたが、この瞬間そのことは頭から消え去っていた。

――あなたのその手がゆっくりゆっくり首を絞めていく。徐々にその手にこもる力にあなたは気づいていないでしょう。どうしようもなく苦しいことにあなたは気づいていないでしょう。けれど確かにあなたの手は私の首を絞めていく――

今日、メモ帳に書き綴《つづ》っていたことを思い出していた。

あれは確かに時間のことだ。そして仕事のことでもあり、私の宝であるはずの家族のことでもある。愛すべきはずの、毎日の単調な生活が、私の首を絞めていく。

職場のややこしい人間関係が、厳しすぎる上下関係が、誰にも感謝されない仕事内容が、日に日に私の存在意義を消し去っていく。

辞職したいと妻に漏らしたところで、事態は悪化する一方だった。ヒステリックに騒ぎ立て、冷静に話も聞いてもらえない。家計、家のローン、子供の教育、そんなことは私にもわかっている。本気で辞めようなどと思っちゃいない。いや、微かに「辞めてもいいのよ」と言われることを期待したのかもしれない。けれど本当はただ優しい言葉が欲しかっただけだ。ただ、妻にもこの気持ちを分かち合って欲しいと思っただけだ。

そこまで考え、ハッと我に返った。

目の前の男は黙ったまま、この長い沈黙の間ただ静かにグラスを傾けていた。

私も男と同じようにグラスに軽く口をつけ、大きく溜息をついた。

「私も……、私もそう思います。仕事を辞めたかった。けれど実際に辞められるはずもない。私には家族がいる。もう自分一人の人生ではない。私が背負っているのは妻と息子、合わせて三人分の人生だ。例えば私がストレスや精神疾患で早死にしたとして、私の首をじわじわ絞めたのは、毎日単調に流れる時間だ」

どうしてこのおかしな男にこんな心の内を話そうと思ったのか自分でもわからない。けれど、よく知らない男だからこそ素直に話せたのかもしれない。恐らくもう二度と会うことのない、たった一瞬すれ違っただけの人間だからこそ。

男は目を伏せグラスを傾けていた。時折、カランカランと氷とグラスがぶつかる音がした。そして静かに語り始めた。

「ついこの前、夢を追い始めたばかりの少女に出会いました。夢を追いかける人間というのはあれほどまでにパワーがあるものなのかと、少々驚きました」

「夢、ですか……」

懐かしい響きだった。

「あなたにもあったのではないですか？」

「私は……」

一瞬ためらった。しかしこの男には本心を話しても構わない、そう思えた。どうせ明日には他人になる男だ。私は意を決して口を開いた。

「本当は刑事になりたかったんですよ」

今度は私のグラスからカランと氷の音がした。普段は何も感じないこの音さえ、今日は妙に心地よく胸に響いた。

「警察には本当に様々な部署があるものなのですね。実を言うとわたしも警察といえば制服を着たお巡りさんと、テレビドラマで見るような刑事さんしか知らなかった」

男は申し訳なさそうに微笑んだ。

「一般の方はそんなものです」

「けれど、その内側を支えているたくさんの方がいらっしゃる。表に出ずに支える人がいるからこそ、表の人間は職務に集中できるのではないでしょうか」

男の言葉に私は黙ってグラスを傾けた。

「わたしはあまり海外旅行などしたことはないのですが、国外を知る者に言わせると日本はとても平和な国だそうですよ。それもこれもあなたのような方々が一般市民の平和を守ってくださっているからだ。我々が日々安心して暮らせるのは、あなたのお陰でもあるのですよ、南さん」

それは確かに私が欲しかった言葉だった。

誰かにそう言って欲しかった。認められたかった。感謝されたかった。人の役に立ちたかった。

そうだ、そもそも私は誰かの役に立ちたくて警察官になったんだ。

男の放つ言葉が、染み入るように全身に行き渡ってゆく。

たった一つの感謝の言葉が、全てを癒やす薬になる。

「世の中にはたくさんの仕事がありますが、それらはたとえ間接的にであっても、誰かの役に立っているのではないでしょうか。あなたが日々、息子さんの生き抜く未来を守っていらっしゃるのと同じように」

そうか。そうだな。たとえ日陰の存在であっても、確かに私は誰かの人生を守っているはずだ。

そんな簡単なことを、日々の生活に追われてすっかり忘れていたのかもしれない。

「南さん、わたしたちは時間から逃れられない。けれど、思うんです。わたしたち人間はきっと、時間を支配できる。わたしも、あなたも、きっと」

そう言った男の目は、決して私を憐れむものではなく、かといって鼓舞するものでもなく、ただただニュートラルだった。

そして、その目がとても心地よかった。

男と二人店を後にしてから、ようやく私は肝心なことに気づいた。

「そういえば、お宅の名前を伺っていなかった」

「申し遅れました。わたくし……」

そう言って男はスーツの胸ポケットから名刺を取り出した。

「こういう者でございます」

受け取った名刺には『ヒーローズ（株）　田中修司』とあった。

「ヒーローズ株式会社……。これはまた、どういったご職業で」

「職種はヒーロー製造業でございます」

「ヒーロー製造業……そんなものがあるのですね。いやはや、無知で申し訳ない。色々な仕事があるものだ。けれど、どうしてそんな会社が私を？」

「先ほども申し上げましたが、わたしは南さまをヘッドハンティングしに来たわけではありませんよ」

「それならなぜ……」

「わたしの仕事はヒーローを作ること。今回の依頼に関してはヒーローを〝再生〟することですかね？　わたしは依頼人からの依頼を遂行しに来ただけです」

まったく訳のわからない説明を聞き、ぽかんと口を開いていた私に男は続けた。

「南さん、もし本当に転職をご希望であればわたしにご相談ください。良い会社を紹介しますよ」

男はシルクハットを被ると、軽く片目を瞑った。

「まだ転職したければ、の話ですけどね」

そう言い残し、男は夜の闇に消えた。

「ただいまー」

「おかえり、お父さん」

最近息子が玄関まで出迎えに来てくれる。

子供は大人が思っているよりも大人の気持ちに敏感だ。私が帰ってきたことに安堵《あんど》の表情を見せる息子の心配に、私はようやく気づけたのかもしれない。

私は息子の頭を撫でると脇の下に手を入れて〝高い高い〟をするように抱き上げた。

「わあー！　なにすんだよー」

憎らしい言葉とは裏腹にキャッキャッと声を上げる息子を、そのままグッと抱きしめた。久しぶりの抱っこだ。

息子は「はなせよー」と言いながらも弾けるような笑顔を見せた。

そうだ、この顔だ。この顔が俺を何度でも立ち上がらせる。何度でもヒーローになってやろうと思わせるんだ。

「将太、毎日仕事をしている父さんのこと、好きか？」

「うん！」

短い言葉とはにかんだ笑顔。それだけで充分だった。

「おまえも大きくなったらなんでも好きなことをしろよ。どんな仕事がしたいんだ」

息子は私の首に両手をまわしたまま、屈託のない笑顔で言った。

「お父さんと同じ仕事」

予想外の答えに私は苦笑いした。とても息子に勧めたいとは思わない。

けれどなぜだろう、涙が止まらなかった。

STAGE4
誰かの赤いリボン
?
START!!

梅雨時にもかかわらず、俺が有休の間、憎らしいほどの晴天はずっと続いていた。

「今日で有休も最後かあー」

その良い天気の中、コンビニの表ではなく裏に入り、俺と拓は棚卸《たなおろし》前の大掃除をしていた。

「結局ずっとバイトしてましたね。さすがっすよ。日本人の鑑《かがみ》っすね」

控室は私物で溢れかえっていた。が、そのほとんどは拓のものだ。

「今日はさっさと帰って、家でゆっくりするからな！　ほらさっさと手え動かせよ」

「帰って昼間っからダラダラっすかあ？」

「いいじゃん。それが有休の特権だろ。昨日寝るの遅かったから眠いんだよ」

昨夜は気が高ぶってなかなか寝つけなかった。誰にもサポートされずに依頼を遂行したのは、初めてかもしれない。成功していると良いが……。それにしても、シルクハットはやりすぎたか。

「次の有休こそしっかり休んだほうがいいっすよー。修司さん結婚願望強いんだから、婚活でもしてみたらどうっすか」

拓が相変わらずやる気なさそうにコーラを飲みながら言った。

「うるせえなあ。人の心配より自分の心配しろよ。拓だって来年四年生だろ？　卒業したらどうするの？」

「そうっすねー、まあ適当にー」

「就活とかしてないの？」

「してないっすねー」

「どうするの？」

「まあ適当にー」

「適当って……大丈夫かよ」

「なんすか？ 心配してくれてるんすか？ 優しいっすねー」

会話を茶化して煙《けむ》に巻くのは拓の得意技だ。そしてそう言った時はだいたい自分の中では何か決心を固めている時だ。拓はそういうヤツだと思う。

やっぱり俺には相談してくれないんだな。

少し寂しい気持ちを抱えながら、俺はゴミの仕分けを続けた。

でも心配することはない。拓には道野辺さんもミヤビもついている。この三人には妙な絆《きずな》がある。この間に割って入ろうという気はさらさらないが、出会って二年以上経つんだから、そろそろ俺のことも友達というポジションに入れてくれてもいいのに、なんてことは少しだけ思う。拓は人付き合いが得意だが、決して踏み込ませないラインがある。それを見せてくれるだけ近づけているとも捉えられるが（仕事相手にはそのラインさえ巧妙に隠している）やっぱりほんの少し寂しいような気持ちになる。

「うわあー、見つけたー！」

「えっ何⁉って拓の私物かよ」

「マイ七味っすよー。これ失くしたと思ってたんすよねぇ」

拓は薄くなった七味のラベルをマジマジと見つめた。

「修司さん、これ賞味期限六年前っすよ。マジやべぇ」

「中身化石になってんじゃないの？ていうか拓、六年も前からここにいたんだね。知らなかったよ。六年前って俺、何してたかなあー」

「六年前っすかー。俺めっちゃ覚えてますよー。確かすっげー寒い年でめっちゃ雪とか降ったんすよ」

そういえば、そんな年があったな。交通網が麻痺《まひ》して大混乱が起こった年だ。

「あの大雪になった年か。もう六年も経つのかー。よく覚えてるね」

「よりによってすっげー寒い日に、クレームつけられたんすよねぇ」

「よりによって？」

「いや、寒いと心が細るじゃないっすか。その上クレームきたから心が凍えそうっしょ？　でも相手のが心凍えてそうな気がしたんすよねー。そりゃあ文句もつけたくなるわなあって。でもまさか、あれが始まりになるとは思わなかったんすよ」

「何が始まったの？」

拓は七味をポイッとゴミ袋に入れて、ニヤリと笑った。

「一期一会《いちごいちえ》の人の縁」

＊＊＊

「箸入ってねーじゃんかよ」

コンビニの袋を上から覗き込み、舌打ちした。

額に『初めてのアルバイトです』と書いてあるようなその若い男は、最初から最後までおどおどしていた。名札に研修生とポップをつければ、なんでも許されるってものではない。

途中で箸がないことに気づいたからいいようなものの、現場まで行った後、昼休憩になってから気づいていたらどれほどの迷惑を被ったことか。寒空の下立ち止まったまま、灰色の空を見上げた。

これはガツンと言ってやらねば――

俺はさっき弁当を買ったコンビニへと踵《きびす》を返した。


「っしゃいませー」

店内に足を踏み入れた瞬間、温まった空気に身体が包まれいくらかホッとした。レジを横目に店内をぐるっと見渡したが、さっきの男はいなくなっていた。

代わりにチャラチャラした髪型のいかにもリア充というような大学生風情の男が、やる気のなさそうな顔でレジに立っている。箸を入れ忘れたアイツに直接文句を言ってやりたいが、どちらかというと俺はこういうチャラチャラした男のほうが嫌いだ。よし、コイツを怒鳴ってやることにしよう。きっと関係ないことで怒鳴られたこの男は腹を立て、後でさっきの若い男に怒鳴り返すことになるだろう。そうすれば俺の溜飲も下がる。こいつも巻き込んでやれ。チャラチャラ遊んでいる罰だ、ざまあみろ。

俺はわざと大きく歩幅を広げながら、レジに向かってズンズン進んだ。

「おい！　さっき買った弁当に箸が入ってねーじゃねえか！」

自分が発した大きな声が耳に響いてグッと気分が高揚した。俺は少し顎を上げ、そのチャラチャラした男を見下すように睨みつけながら、更に続けた。

「箸なしでどうやって弁当食えってんだ。ああ？　手で食えってか！　コンビニ程度ですらまともに働けねえのなら辞めちまえ！」

いくらか心がスッとした。

これで男は青ざめながら「俺が入れ忘れたんじゃないのに」と、さっきの鈍くさいバイトを恨むはずだった。

「ああー、お客さま、大変申し訳ありません」

謝る男の顔を改めて正面から見ると、男は申し訳なさそうに眉尻を下げていたが、その表情からは怯《おび》えた様子や、理不尽な出来事に戸惑ったり腹を立てている様子は微塵も感じ取れなかった。

予想が狂った俺は、次に用意していた言葉が喉に引っかかってしまった。その一瞬の隙を男は見逃さなかった。

「お詫《わ》びに、お好きな缶コーヒー一本、ご馳走しますよ」

先手必勝。そう言わんばかりに男はレジの上にある飲み物の入った保温器を指差した。

予想外の提案になぜだか俺のほうが戸惑ってしまった。

「そ、そんなこと……バイトが勝手にやっていいのかよ。お前にそんな権限ないだろうが」

「あ、俺、店長いないときは店長代理なんで、大丈夫っす。この店フランチャイズだから割とやりたい放題で。その代わり、ツイッターとかで『貰った』って言わないでくださいね。変な人来ちゃうと困るんで」

驚いたことに男はニコニコ笑っていた。

「後で問題になっても知らねえからな。俺は関係ねえからな」

「大丈夫っすよー。俺の奢《おご》りってことなんで。心配してもらってあざーす。お兄さん親切っすね」

俺の奢り？　親切？　コイツ、馬鹿じゃないのか。ま、いいや。くれるというなら貰っておこう。

「本当に持っていくぞ」

俺は保温器の扉を開けて微糖のホットコーヒーを手に取った。

「あーやっぱ微糖っすかあ。俺もっす」

何が嬉しいのか男はヘラヘラ笑っていた。

「時間、大丈夫っすか？　だいぶロスさせちゃってほんと申し訳ないっす」

この偽善者め。騙されてたまるか。

「どうせあれだろ？　後でさっきのバイトにコレの金払わすんだろ」

俺は温かいコーヒーを手に、男を見下すような視線を投げかけた。

「ああー彼、もう辞めちゃったんすよ。なんか、合わなかったみたいで、しんどいって言われちゃったから、今日の時給だけ払って帰ってもらいました。もう今日は俺一人っすよー」

「辞めたあ？」

「はい。なんか突然、自分には向いてないですって言って」

「なんだそりゃ。まったく、最近のガキは。コンビニができなきゃ何ができるっつーんだ」

「コンビニっても覚えること多いんすよー。接客業だから、色んなことありますしね」

色んなことって……。

「……コレじゃねえのか？」

「はい？」

「俺に箸入れ忘れたって気づいて辞めたんじゃねえのか？」

「ああー！　なるほど！　合点がいきましたよ。それで急に青ざめてたんだ。お兄さん見た目怖いっすもんね」

「うるせえよ。お前、全然怖がってねーじゃねえかよ」

「ま、俺は人を見た目で判断しないタイプなんでー」

「なんだそりゃ」

「てか、マジ時間大丈夫っすか？　今から出勤ですよね」

「あっ……！　もう行くわ。じゃあな」

「あざーっしたー」

なぜ、コンビニの店員に友達と別れる時のように「じゃあな」なんて言ったのか。

駅までの道を急ぎながら自分に問いかけた。

凍えるような向かい風の中、貰った缶コーヒーだけがやけに熱く、それを握った右手がじんじんと痺れるように火照っていた。

今日も規則正しくラインから箱詰めされたバッテリーが流れてくる。携帯電話の新商品が出るまでの期間は忙しくなるらしい。俺は日雇いだが、ここ一か月は同じ現場で働いている。仕事内容は流れてくる箱の一番上に説明書を入れて蓋を閉じ、横にある段ボールに詰めていくだけ。これを八時間、延々と繰り返す。

決して難しくはない。それでも慣れるまではラインの速さに手間取ったが、慣れてしまえばどうってことはない。ただ、一か所に立ちっぱなしで歩くこともできないのと、手の油分という油分を全て段ボールに吸収されていくことだけは辛いと思う。おかげで三十路手前にしてジジイのようなカサカサの指になってしまった。

休憩所はがらんと広い部屋が一つ。喫煙所は三畳ほどの空間が一つ。食堂はない。最寄りのコンビニまでは歩いて七分。混雑している上に、一時間の休憩中、往復だけで十四分も無駄にできない。だから、いつもあのコンビニで昼飯を買ってから駅へ向かう。

　休憩所には一応、古い電子レンジが二つあるが長蛇の列に並ぶのが嫌で、冷えた弁当をそのまま食べる。あとは菓子パンを一つ。これが定番メニューだが、今日は冷めてしまった微糖の缶コーヒーがある。コーヒーはカップ式の自動販売機が一台あるが、これにすら列ができるので買わない日のほうが多い。とにかく並ぶのが嫌いだ。そんな暇があったなら、一秒でも長く煙草を燻《くゆ》らせていたい。

　冷めた焼き肉弁当を無心で口に運んでいると、隣に座るおばさんたちの会話が耳に入ってきた。

「昼間家にいないから、荷物が届くと不便なのよねえ」

　この年頃の女は本当によくしゃべる。口から生まれてきたんじゃないかと思うほどだ。そしてその大半がどうでもいい話だ。しかし今日の会話は俺にとってタイムリーなものだった。

「最近、コンビニでも受け取りできるらしいわよ」

「あら、ほんと？　娘に聞いてみようかしら。コンビニでバイトしてるのよ。でもうちの子、最近バイトばっかりなのよ。せっかく学費出してやってるのにバイトじゃなくて勉強を頑張って欲しいわよ」

「あらあ、うちのもよー。なんでそんなにお金がいるのか。稼いでるならちょっとは家に入れて欲しいわよね」

「ほんとよねえ。うちなんて昼ご飯代だってあげてるのに、テスト前までバイト入れて。やれ服が欲しいの、やれ飲み会だの。贅沢なもんよ、まったく」

何が『まったく』だよ。あんたらが甘やかすからガキがつけあがるんだ。貧乏だとわかっていればそんな贅沢できっこないのに。あんたらが子供に見栄を張って贅沢させているんだろう。

貧乏なら貧乏らしく慎ましく生きりゃいい。でも子供を大学にやれてる時点で貧乏ですらないのか。

「でもコンビニのアルバイトって色々大変なんじゃない？　私の姪《めい》っ子もコンビニで働いてたけど、覚えることいっぱいで大変だったみたいよ。最近は何でも屋さんみたいになってるから。それにクレーマーも多くて嫌だったって」

クレーマーという言葉に思わずドキッとした。

「クレーマーってどんなこと言ってくるの？」

「箸がついてなかったから料金を無料にしろ、とかそんなのよ」

よかった。俺はそこまでは言っていない。

「ええー。いくらなんでも、それはねえ」

「でも、こっちもミスしてると強く出れないんだって。あとは煙草ワンカートン寄越せ、とかね」

「うわあ、無茶苦茶よねえ」

大丈夫だ。俺は煙草が欲しいなんて言っていない。缶コーヒーもアイツが勝手にくれたんだ。

俺は缶コーヒーのプルタブにカサカサの人差し指をかけた。プシュッと小気味の良い音がして、広がった甘い香りが心地よかった。

おばさんの口は休むことなく動き続けた。

「そういう時はどうするの？」

「店長さんに任せるみたいだけど、誰もいなかったら相手が満足するまで黙って文句を聞くしかないみたい」

「あらあー。やっぱり接客業は大変よねえ。娘さん、頑張ってるんじゃない？」

「そうねえ、なんだかこの前から発注も任されてるって言ってたし、頑張ってるのかしら。それにしても、もうちょっと勉強のほうをねえ――」

大学。勉強。遊ぶ金。どれも俺には縁のない話だった。俺は貧乏な家庭で育った。どれくらい貧乏かと言うと、物心ついた頃にはもう『びんぼう』という言葉を知っていたくらいだ。「うちは貧乏だから」呪文のようにそう唱え続ける両親を見て育った俺は、いつしか「びんぼうだからしかたないね」と言うようになっていた。全てを受け入れ、そして諦めていた。

家は叔父《おじ》から借りた物置のような掘っ立て小屋。雨が降ると雨漏りだってしてた。玄関から水も溢れてきた。暑い日は窓という窓を開け放し、破れた網戸から侵入してくる蚊とまさに一日中、寝ても覚めても戦っていた。窓を開けても暑さに耐えられず、小学校の六年間、放課後も夏休みも毎日図書館の中で過ごした。暑い中、わざわざ外で遊んでいる友達を見ると不思議でしょうがなかった。お陰で勉強しなくても国語の成績だけはよかった。そして年相応以上の知識が身についた。

小学生になって初めて友達の家に遊びに行ったとき、クーラーのきいた部屋の中で冷たいオレンジジュースを飲んだ。みかんの粒が入ったやつだ。この世のものとは思えないほどおいしかった。涼しい部屋に冷たいジュース。家に帰るとこれらが待っているから暑い中でも外で遊んでいられるのか、と妙に納得した。

ある日、友達に「雨が降ったら雨漏りが大変だ」と言ったら「嘘つけ」と言われた。その時初めて、友達の家は雨漏りなんてしないんだと知った。だから俺は「嘘だよ」とおどけた。それから俺は時々変な嘘をつくヤツだと認識されながら、自分の常識と周囲の常識を少しずつ擦り合わせていった。小・中・高と、いくらせがまれても一度も友達に家を見せなかった。

中学二年になった頃、新聞配達のバイトを始めた。クラスメイトが部活に勤《いそ》しむ中、俺は授業が終わるとわき目もふらず営業所に直行した。夕刊配達の時間には間に合わなくとも、雑務を手伝うことで小遣いを貰えた。営業所のおっさん連中はやけに俺に優しかった。高校に入ると、さらに夜ファストフード店でのバイトも増やした。親の持たせてくれる弁当はまさに日の丸弁当だったので、おかず代はバイト代から捻出した。そして、高校を卒業すると同時に家を出た。

人生なんて、生まれた時からだいたい決まっている。

金持ちの家に生まれたやつは、金持ちの人生を歩み、俺のような貧乏人は、一生日銭を稼いでなんとか息をする。

それでも俺は今の生活に満足していた。今の日雇い給料はだいたい一日七千円貰える。趣味もなければギャンブルもしない、俺一人が食っていくには充分だった。親がどうやって暮らしているのかは知らない。家を出てから連絡なんて取っていない。高校まで飯を食わせてもらったのはありがたいと思うが、それは親として最低限の義務だとも思っている。だから、恩に感じることもないし、今後の面倒を見る気もない。いや、面倒を見るほどの甲斐性がないと言ったほうが正しいのか。とにかく、今の俺は一人で食っていくのが精一杯だった。

唯一の趣味は本を読むこと。今でもよく図書館に行く。図書館ほど心落ち着ける場所はない。いくらいたって怪訝な顔で見られないし、閉館まで追い出されることもない。静かで他人の目を気にすることもない。夏は涼しく、冬は暖かく、清潔に保たれたトイレがあり、水飲み場だってある。叶うならこの中に住み込みたいとさえ思った。しかし図書館で働くにはなんだか特別な資格がいるということで、働くことは諦めた。それにどっちにしろ図書館に住み込むことはできない。

翌朝、いつもと同じようにあのコンビニに立ち寄った。

弁当と菓子パンと、それにレジ前にある保温器から微糖の缶コーヒーを一本取り出した。

「今日も寒いっすねー」

　チャラチャラした男は相変わらずニコニコしゃべりかけてきた。

　会計をした後で俺はレジ袋から缶コーヒーだけ取り出し、目の前の男に差し出した。

「やるよ。これで貸し借りなしだ」

　男は「へっ？」と奇妙な声を出した。

「いやあ、昨日のはこっちのミスでお詫びの……」

「いいから！　俺はまだ人から施し受けるほど落ちちゃいねえんだよ！」

「あっちょっと！　兄さん！」

　コンビニから出た俺を、男は制服のままで追ってきた。

「兄さん、待ってください！」

「その兄さんってのやめろ。芸人じゃねーんだから」

「だって名前知らないし」

　男のネームプレートを見ると『佐々木』とあった。

「……別に知らなくていいだろ」

「じゃあ、やっぱ兄さんで。で、兄さん、ヒーローになってみたいって思いませんか？」

「ああ？　ふざけてんのか」

「ふざけてないっすよ。とりあえず、今日仕事終わったらまた店に来てくださいよ。詳しいこと話すんで」

　薄い制服姿の佐々木は寒さに震えていた。

「行かねえよ」

「悪いようにはしませんよ。マジで」

「だから、行かねえって」

「えー、俺のこと信じてくださいよお」

　そう言ってガチガチ震えながらヘラヘラ笑った佐々木の顔は、とても信じられるようなものではなかった。

　なぜかその夜、俺と佐々木は並んで牛丼を食べていた。正確には、俺が牛丼を食べている横に、コイツが座ってきたのだ。

　さすがに驚いたが、コイツは平然とした顔で「あれー偶然っすねー」なんて言っていたので、本当に偶然なのかもしれない。

　特に話すこともないので俺は黙って牛丼を食い、そそくさと店を後にした。

まあ近所に住んでいればそんなこともある。特に気に留めることはなかった。

それからしばらくした日、俺はなんと金を失くした。ありがちだが、ポケットが破れいるのに気がつかず小銭を入れていたのだ。幾らか小銭を落としたようで、ラーメン屋で会計をするとき、金が百円足りなかった。

「しまった……。足りねえ……」

一応常連ではあったので「足らずをツケといてもらえないだろうか」と尋ねてみると、新人のようなバイトはあからさまに困惑した表情でうろたえだした。レジの後ろには人が並び、まるで俺がいちゃもんでもつけているかのような光景だった。

近所にあり安くて早くてそこそこうまい。この店を出禁になるのは避けたい。どうすべきか俺がない知恵を絞っていると、横からニュッと伸びた手が、会計のトレーに百円玉を落とした。

佐々木だった。

「あ、ありがとうございます」

なぜかそのバイトが礼を言い、俺は無事に出禁にもならずに店を後にすることができた。

店の外に出ると雪がちらついていた。

「明日コンビニまで持っていく」

俺がそう言うと、佐々木はニヤッと笑った。

「貸しひとつっすね」

なんだ。こいつ何か企んでいるのか。嫌な予感がして俺は佐々木を睨んだ。先手必勝だ。

「言っとくが、俺は金なんてねえぞ。いや、今日の分は返すが、借りだとは思ってねえ。よって百円以上に借りを返すつもりもねえ」

佐々木は再びニヤリと笑った。コイツの表情は豊かなようでいて、腹の底が見えない薄気味悪さがあった。

「別に金取ろうなんて思ってないっすよ。ただ、一回だけ付き合ってください」

「何に」

「明日、あの店に」

そう言って佐々木が指差した先には、俺もよく利用する安居酒屋があった。

俺は義理堅いほうではないが、金が絡んだ約束は守る主義だった。たとえそれが百円であってもだ。

翌日、約束通り俺は佐々木と安居酒屋にいた。

「俺、最近飲み友達探してたんすよね。でも俺ビンボーなんで、金あるヤツとは行きたい店も飲むペースも違うから困ってたんすよ。んで割り勘とか最悪っしょ？　でも兄さんとなら同じペースで飲めそうだなって思ったんすよね」

「貧乏人は貧乏人がわかるってか」

「まあ平たく言やあ、そうっす」

「馬鹿にしやがって」

そう言いながらも、俺にとっても久しぶりに一人ではない酒だった。安い酒がいくらか進んだ。

「兄さん、夢ってないんすか？」

飲み始めて一時間ほど経った頃、ふいに佐々木が言った。

「はあ？　お前けっこう青臭いこと言うんだな。見た目に反して」

最近の若いヤツは貧乏でも夢を追っているのか。そりゃあ結構なことだ。

「なんでも願いが叶うなら、俺は図書館に住みてえよ」

俺は皮肉半分にそう言った。

「図書館で働きたいんすか？」

佐々木は真面目なトーンで聞き返してきた。

「ああ、働いてもいいな。そしたら金も貰えるし一石二鳥だ」

俺はコップに入った安い日本酒を舐《な》めるように飲みながら言った。

「じゃあ、面接受けたらいいじゃないっすか」

「お前は馬鹿だなー。図書館で働くには特別な資格がいるんだよ」

「マジっすか」

俺は人差し指で自分の頭を指してみせた。

「頭が良くねえとな。誰でも働ける場所じゃねえんだ」

「んじゃ、勉強してみたらどうっすか？」

俺はフンッと鼻を鳴らした。

「お前に勉強とか言われたくねえなあ。どうせ親の金で大学行って遊んでんだろ？」

「ああ俺、親とかいないんで」

グッと喉が詰まった。

あまりにあっけらかんとそう言った佐々木は、やっぱりへらへらした顔のままだった。しかし、それが冗談でも嘘でもないということはなぜかわかっていた。コイツはそういった趣味の悪い冗談は言わないと、なぜかそう思った。

「ああ……悪い。そうは見えなかったから」

俺は少し声のトーンを落とした。

「あれ？　信じてくれるんすね。一発で信じてくれる人、少ないっすよ。大抵《たいてい》、冗談だろって言われますから」

「だろうな。お前見てりゃあ信じられねえだろう」

目の前でヘラヘラしている佐々木をマジマジと眺めた。

「でも兄さんは信じてくれたんすね」

「俺は人を見る目があるんだよ。嘘つくヤツはだいたいわかる」

俺は視線を酒の入ったコップに戻して言った。

「あっ俺と同じっすね。俺も人を見る目だけは飛び抜けてあるんすよ」

それもわかる気がした。

「色んなヤツ、見てきたのか」

「そうっすね。色んなヤツ、見ました。多分、兄さんと同じように」

俺は「そうか……」と言葉を濁し、酒を舐めた。

「じゃあ、大学は行ってねえのか？」

「行ってねえっす。でも金貯まったら行くつもりっす」

「それで、バイトして貯金しながら生活してんのか」

今時の若い奴にしては骨のある話だ。

「はい。あそこのコンビニと、あともう一つ」

「もう一つ？」

「はい。前に言ったでしょ？　ヒーローになりたくないっすかって」

俺は会った日のことをほのかに思い出した。そう言えばわけのわからんことを言っていたな。

「俺、ヒーロー作ってるんす」

「……はあ？」

まず酔っぱらっているのかと思ったが、コイツは言うほど飲んじゃいない。とりあえず大人しく話を聞いておくことにした。

「正確には、作る前の段階の手伝いで、人探しみたいな」

「……余計わかんねえよ」

「まあ、ヒーローになりたそうな人見つけたり、逆にヒーロー作れそうな人見つけたり。あとは同僚から依頼があれば誰かと仲良くなって情報引き出したり、色々っすね」

聞いているうちに妙な不安が胸をよぎった。

「……それ、ヤバい仕事じゃねえのか」

「いや、全然ヤバくないっすよ」

佐々木は相変わらず、酔ってもいないのにヘラヘラしていた。

「変な奴に騙されてんじゃねえのか？」

「大丈夫っすよ」

「お前……」そう言って俺は声のトーンを一段下げた。

「クスリやってんじゃねえだろうな」

「ちょっ……！」

佐々木は声を詰まらせるとゲラゲラ笑った。

「やってねーし！　ほんと、見かけによらず心配性っすね」

「うるせえよ」

「うまく説明できないんすけど、マジで健全な仕事っすよ」

俺は佐々木のヘラヘラ顔を見ながら、「ならいいけどよ……」と渋々納得した。

「だから、兄さんヒーローになりたくないかなあって思って。とりあえず、図書館のヒーローになってみます？」

だがやはり佐々木の言っている意味はわからなかった。

「いらねえよ。ヒーローって柄かよ。よくわかんねえし」

「そっかあ。残念だなあ。なんか、兄さんのこと手伝いたいって思ったんすけどねえ……」

「気持ちだけ貰っとくわ」

佐々木は「じゃあ！」と、手をポンと叩いた。

「ヒーロー抜きにしても、図書館で働くにはどうすればいいのか考えましょうよ」

なんだか佐々木は楽しそうに見えた。

「それも遠慮しとくわ。別に俺は今の生活で満足してんだよ。食うには事足りてる。それで充分だ」

「でも、将来のこととか考えないっすか？」

「別にやりたいこともねえし、図書館に通うのが趣味じゃあ金もかかんねえし、自分一人が生きていけりゃあそれでいいんだよ。先のことばっか考えたって、働けなくなったら国に世話になるしかねえんだからよ」

「そうっすかあ……」

佐々木は一瞬残念そうな顔を見せた後、またヘラヘラと笑った。

「ま、気が変わったらいつでも俺に言ってください。俺ってゆーか、俺のすげー尊敬してる先輩がめちゃくちゃやり手なんで。マジでヒーローにしてみせますよ」

「ふうん。先輩ねえ……」

その先輩は大丈夫な奴なのだろうか。

「マジで、俺はその先輩に引き上げてもらったんで。沈んだ船底から」

「俺は当分沈んだままでいいよ」

「兄さんはまだ沈んでないっすよ。ボロ船でも全然、普通に航海してます」

「ボロ船って……。失礼なヤツだな」

佐々木は「へへっ」と笑った。

「……お前は沈んだのか」

「沈んでましたねえ。割と長い間」

親がいねえんだもんな。そりゃあ色々あったんだろう。

「そうか……。悪い、もう聞かねえわ」

「別にいいっすよ。聞いてもらって。あんま愉快な酒ではなくなるかもしんないっすけど」

「いや、聞かねえ。でもお前がもし話したいなら好きなだけ話せ。親の悪口でもなんでも。話ぐらいは聞ける程度の学はあるつもりだ」

佐々木はふと柔らかい笑みを浮かべた。

「やっぱ優しいっすね」

「誰がだ」

「兄さんっすよ」

俺は顔をしかめるとコップの底に残った酒をぐいっと呷った。

「気持ち悪いことを言うな」

その後もなんだかんだ、佐々木との交流は続いた。

俺の行きつけの牛丼屋を佐々木もよく利用するようで、しかも出くわすのがほとんど週末だったこともあり、その後安居酒屋で一杯飲むという流れが習慣のようになった。

ある日、酔いが回った俺は馬鹿な話をした。

「そいつの誕生日にな、俺はこともあろうか牛丼屋に連れていったんだよ。それでな『なんでも好きなの頼んでいいぞ。大盛だって構わねえよ』って勢い勇んでな。くっだらねえ」

昔の女の話だった。

「その彼女さん、喜んだんすか？」

「馬鹿か。喜ぶわけねえだろ。その晩から音信不通だよ。牛丼屋入る前に電話するからちょっと待ってててって言ってよ。そのまま帰ってこなかった。寒空の下で待ちぼうけだよ。あほらしい」

「ははっ。災難っすねえ。祝う気持ちはあったのに」

俺は空になったコップを未練がましく傾けた。

「あー飲みすぎだ。こんなくだらねえ話、今まで誰にも言わなかったのにな」

「面白いっすよ」

「面白くねえよ！　こっちはその後風邪ひいて死にそうだったんだぞ」

佐々木はヒャッヒャッと笑った。

そんなくだらない話をいくつかした後だった。ふいに佐々木が言った。

「でも兄さん、前に図書館に住みたいって言ってたじゃないっすかあ。すげえ本が好きなんすね」

「まあ、そうだな。読書が唯一の趣味だからな」

「そんなに本が好きなら本を書いてみたらいいじゃないっすか？」

驚いた。

「まさか、そんな」

世の中は作家で溢れているが簡単になれるとは思っていない。ましてや自分のような学のない人間などに手が届く世界では到底ない。俺はそれほど身の程知らずではない。

「あほなこと言うな。お前も酔っぱらったのか」

その時はそう答えて、それでその話題は終わった。

しかし、帰ってからもその一言がグルグルと頭の中をまわっていた。

本を書いてみたら――か。

狭い部屋の隅に置いてある、いつのものかもわからない段ボールの中を漁った。存在すら忘れていたガラクタに交じって使いかけのノートが出てきた。授業をきちんと聞くほうではなかったが、一応一通りの筆記用具は用意していたし、ノートも買っていた。ただ、中はほんの数ページ落書き交じりの書き込みがあるだけで終わっている。まだまだ余白がある。貧乏性もたまには役に立つ。

俺は最初の数ページ、書き込みがあるページだけをベリッと破った。これで新しいノートになった。ペンも何本か出てきた。赤ペンなんてものもある。これで充分だった。

書き始めるのに準備はいらない。金もかからない。暖かい図書館で今までは本を読んでいた時間、書くことに充てるのだ。生活は何も変わらない。

あとは、実際に書いてみるか否か。それだけだ。

色褪《いろあ》せたノートの表紙をさすり、その上にボールペンを置いた。

「本を書く……か」

口に出すとより一層大層なことのように思え、くたびれたノートを前に俺は思わず姿勢を正した。

その翌日から俺は小説を書き始めた。最初は要領を得なかったが、書き続けるうちにそれらしいものが書けるようになった。大した趣味もなく友達も彼女もいない。書く時間だけは充分にあったのだから当然といえば当然かもしれない。

書き続け、書き続け、ついに新人賞へ応募するまでになった。

そして、書き始めてから三年。投稿にして六作目。なんと小さな出版社の新人賞を受賞した。

その半年後、初めての作品が出版された。少数ではあったが書店に俺の本が並んだ。

しかし、生活はほとんど何も変わらなかった。少しばかりの賞金と印税は手に入ったものの、それで生計を立てるには程遠い金額だった。

いつもと違う金の使い道をしたとすれば、佐々木に牛丼を奢ってやったことくらいだ。以前、恋人に振られた時の話を佐々木にしたことを思い出し、冗談めかして「好きなもの頼めよ。大盛だっていいぞ」とその時と同じセリフを言ってみると、話の内容などすっかり忘れていたのか、佐々木は素直に「マジっすかー」と喜んでいた。

それ以外は特に変わったこともなく、俺は相変わらず日雇いの仕事を続けながら細々と本を書き続けた。

しかし本は全くといっていいほど売れなかった。受賞という名声にあやかりなんとか二作目を出版したが、それも全く売れなかった。その後しばらくすると、出版社からの次作に関する打診は面白いほどピタリとやんだ。出版社も慈善事業ではない。売れない作家に充てる金などない。わかりきったことだった。

俺はすっかり自信を失っていた。賞を取れたのはまぐれかもしれない。やはり自分には才能なんてなかったんだ。そんな思いが強くなっていた。

ある日の朝、俺は初心を思い出そうとノートとペンをペラペラの鞄に入れ、久しぶりに図書館へ向かった。

圧すら感じるほどずらりと並ぶたくさんの本。その間にある獣道のような通路をゆっくりと歩く。見上げると天井まで届きそうな、数えきれないほどの本、本、本。

一体、何を書けば良いのか。これだけの作家が言葉を尽くしているのに、今さら俺が何を語ろうか。ここに並んでいる作家たちは、何を伝えたくて初めの一文字をしたためたのだろう。俺に伝えられることなど残っているのだろうか。俺は一体どうして本を書こうなどと思ったのだろうか。

一時間余り、館内をくまなく歩きまわり、その足で図書館を後にした。ノートは開かれることすらないまま、鞄の中でくったりとしていた。

すっかり打ちひしがれた帰り道、散歩ついでに近所を一周することにした。

ブラブラ歩いていると、突然甘い香りが鼻孔をくすぐった。香りの主を探して辺りを見渡すと、マンションの一角に山吹色をした金木犀《きんもくせい》が一面咲き誇っていた。

「お前か……」

懐かしい香りだ。昔住んでいた掘っ立て小屋の前にもあった。秋になると咲き誇り甘い香りを辺り構わずまき散らす。俺の母親はこの香りが苦手だったが、俺はこの美しく甘い香りが大好きだった。

昔の思い出が蘇った。思い出と呼ぶほどのものではないかもしれないが。今よりずっと貧乏だった少年の頃の俺は、楽しいことに対する執着が人一倍強かった。なぜなら、そういったものを探していないと心が死んでしまうからだ。

学校が終わり、図書館へ向かう。行きは楽しい。大好きな場所へ向かうのだから。しかし、その帰り道は心が沈んだ。帰り着いた先に待つのは、夏暑く冬寒い掘っ立て小屋と一人の空間。貧乏暇なしで遅くまで働いていた両親のいない、味気ない夕食。だから俺は帰り道に楽しみを見つけようとした。冬には早い日の入りで浮かび上がる月と星の観察をし、春には道に落ちた桜の花びらを踏まないようにして歩き、夏には鰻《うなぎ》の焼ける匂いを辿った。そして秋には、落ち葉を蹴り飛ばしながら帰り着いた家の前で、甘い金木犀の香りをたっぷり吸い込む。そうするといつも少しだけ楽しい気持ちで玄関を開くことができた。この香りは、俺にそんな少年時代を呼び起こさせた。

足元には幾つもの花弁がまるでオレンジの星屑《ほしくず》のように散らばっていた。

落ちた花弁をひとつ摘まんでみようと腰を曲げると、木の陰に何やら赤いものが落ちているのが見えた。なんだろうかと近づいてみると、それは蛇のように太く長い、赤いリボンだった。誰かが落としたのか、それとも捨てたのか。昔、クリスマスケーキが入った箱に巻かれていたような赤いリボン。子供の頃、焦がれるほどに願ったあの箱についていたようなリボン。

俺はそれを拾い上げた。もしかしたらプレゼントを貰った子供が大切に取っておいたものかもしれない。落とし主が気づくよう金木犀の木に掛けてやろう。

どこにしようかと枝葉に手を伸ばすと、ちょうど一本折れかけた枝を見つけた。

俺はその折れかけた枝のところに、赤いリボンを包帯がわりにグルグルと巻きつけ、大きな蝶結《ちょうむす》びを作った。

「もうそろそろ教えてくれてもいいじゃないっすか」

俺が日銭を稼ぎながらも小説家のはしくれになっていた頃、相変わらず佐々木はコンビニにいたが、希望通りの大学に見事入学していた。

「本名すか？　ペンネームすか？」

「……本名だ」

「へえー！　なんて名前で書いてんすか⁉」

「教えねえよ！」

「なんでー！　デビューしたら教えてくれるって言ったじゃないっすか」

佐々木とはこれまで何度も酒をともにしたが、自分の名前を伝えていなかった。そうこうしているうちに本名で作家デビューしてしまったので、名前はとうとう伝えないままここまできていた。

「お前になんぞ読まれてたまるか」

俺はやはり安い酒を舐めながら言った。

「えー、なんでっすかあ」

「クソみたいな本なんざ、読んでどうすんだ」

「そんな、プロっすよ？　小説家っすよ？」

佐々木は暑苦しいテンションで言った。

「小説家の書くものがどれも面白いなんて思うな」

「ええー夢ねえなあ」

「そんなもんだよ、現実は。何も変わらねえ」

俺は安い酒の入ったコップを、佐々木の目の前でゆらゆら揺らした。

佐々木は不満気な顔のまま、自分のコップに入った酒をグイッと呷った。

「本名で書いてるのには、何か理由があるんすか？」

ゴトンとコップを置いて、佐々木はちらりと俺に視線をやった。

今日の佐々木はいやに酒が進んでいた。

「何もねえよ。ペンネームなんて考えるもの面倒くさかっただけだ」

「でも、本名なら気づいてもらえますね」

佐々木がニヤッと笑った。

「何が」

「いつか有名になったら、きっと、今まで会った人たちに」

俺はフンと鼻で笑った。

「気づいて欲しくもねえ」

「でも、少なくともご両親は喜ぶでしょうね」

「……どうだかな」

コイツはたまに核心をつくようなことを言う。自分でも認めたくはなかったが、どこかで親に気づいて欲しいという気持ちも、心の奥底にあったのかもしれない。

「こないだなあ……懐かしい思いをしたんだ」

「へえー、なんすかあ？」

珍しくほろ酔い口調になってきた佐々木が言った。

「歩いていたら金木犀の香りがしてな……。久しぶりに昔のことを思い出した」

「キンモクセイ？」

「ああ。甘ったるい香りがするんだ。昔、家の近くにもあった。秋になると甘い香りがそこらじゅうに漂って、俺はそれが好きだった」

佐々木が親のことなどを言ったからか、珍しく昔話がしたい気分になった。

「へえ……。俺も嗅《か》いだことあるかな」

「あるかもな。知らぬうちに嗅いでいる確率は高いぞ。秋の初め頃、甘い香りがしたら探してみろ。山吹色の小さい花がいっぱい咲くやつだ。すぐにわかる」

「じゃあ、次の秋か……」

「俺は昔なあ、図書館から家へ帰る道が大嫌いだったんだ」

「めずらしいっすね、そういう話するの」

佐々木は嬉しそうにニヤニヤしていた。

「ある日な、あまりにも嫌なもんでなんとか気を紛らわそうと、道に落ちた桜の花びらを踏まないように歩いて帰ったんだよ。そしたらそれが案外楽しかった」

「へえー」

「けれどすぐに桜の季節は終わる。そしたら今度は違う楽しみを見つけなくちゃならない。ちょうど鰻屋が通りにあったもんで、次は鰻の匂いがどれだけ遠くまで続くのか辿ってみた。そんな風に季節が変わるごとに何かしらの楽しみを探した。そして秋になって気づいた。家の周りで甘い匂いがしていることに。次の楽しみは家の前でそれを吸い込むことになった」

「それがキンモクセイ」

「ああ……。季節を待つ楽しみが多いのは、悪くないだろう」

「兄さん、それ、俺も同じこと思うっす。時を過ごす上で楽しみは一つでも多い方がいい」

佐々木が妙にしんみりと言った。

「お前も苦労したんだもんな」

「まあ、苦労したってほど気張って生きてきたわけじゃないっすけどね。俺なんかより、あの人のほうが……」

「あの人？」

「あの人……」

そう言った佐々木の目は、俺の陳腐な言葉では表現しきれないものだった。とても優しく、とても悲しく、凪《なぎ》の穏やかな海のようであり、嵐の夜のようでもあった。

しかし次の瞬間には、佐々木は普段の調子に戻っていた。

「俺も昔の話してもいいっすか？　新作のネタになるかもしんねーすよ」

「やめとけ」

間髪容れず断った俺に、佐々木は驚愕《きょうがく》の表情で「なんでー！」と叫んだ。

「話したいなら聞いてくれるって言ったじゃないっすかー」

「お前の人生を書かせたいなら、もっと上手い小説家に頼め。俺なんかに書かせるなもったいねえ」

俺はコップの底に残った酒をグイッと飲み干した。

「別に書いて欲しいわけじゃないっすよ。書いてもいいっすけどね？」

「やめとけやめとけ」

「じゃあ、ただの昔話なんで聞いてください。すみませーん、おかわりー」

佐々木が勝手に酒を頼んだ。今日の佐々木はやることなすこと珍しい。

「……勝手にしろ」

呟いた俺に、佐々木は「勝手にしゃべります」とヘラヘラ笑った。

それから数週間が過ぎた。俺は再び近所を散歩していた。佐々木に話を聞いてから、人と人との縁とは何たるか、なんてことをずっと考えていた。ふと気づくとあのマンションの近くまでやってきていた。今頃はもう金木犀の花はすっかり朽ち果てているはずだ。

遠くから花が落ち深緑一色となった木を見つけ、次の瞬間、俺は足早にその木へと向かった。小走りになりながら金木犀の傍に到着した俺の鼓動は高鳴っていた。

蝶結びの赤いリボンがそこにあった。まだ、折れかけた枝を支えていた。

「残っていたのか……」

そっと赤いリボンに触れると、蝶結びの先に何やら黒いマジックで文字が書かれていた。

小さな子供のようにたどたどしく書かれた文字は、『ありがとう』。

十数年か振りに胸が熱くなる思いがした。

折れかけた金木犀に〝包帯〟を巻いたことに対する『ありがとう』なのか、それともリボンを拾ったことに対する『ありがとう』なのか。

よく見ると、リボンには一度ほどかれ、結びなおされたような形跡があった。きっと誰かがリボンを外そうとした時に、そのリボンが折れそうな枝を支えていることに気づいて結びなおしたのだろう。

「ありがとう……」

本当に俺に対する『ありがとう』なのだという保証などどこにもない。全く違う人に対してかもしれない。けれど、自分が結んだリボンを通して、誰かが少しだけ幸せな気持ちになった。それだけは確かなことだと思った。

嬉しかった。

こんな些細なことで、目頭が熱くなるほど嬉しかった。

こんな形の縁だってあるんだ。

冬の始まりを告げるように、ひんやりとした風が吹いた。

もう風が吹いても金木犀の甘い香りはしなかった。その代わり、赤いリボンが鮮やかに揺れていた。

三か月後、俺は初めて佐々木を電話で場末の喫茶店に呼び出した。

「今日は仕事の話をしに来た」

「小説っすか？」

「そう。いや違う。いやそうなんだが、お前のもう一つの仕事の話だ」

佐々木は不思議そうな顔をした。

「仕事の依頼に来た」

その瞬間、佐々木の口の端がニヤリと上がった。

「どんな依頼っすか？」

「小説を書いたんだ」

「はい」

佐々木は口の端を上げたままで頷いた。

「これだけはどうしても多くの人に読んでもらいたい。そう思えるものが書けた」

「はい」

俺は緊張した。まさか人生の中で、こんなこっぱずかしいセリフを言う日がくるとは夢にも思わなかった。

「俺をヒーローにしてくれ。もっと多くの人に俺の小説を届けてほしい」

佐々木の頬がニッと上がった。

「了解しました。では……」

「待ってくれ」と、俺は佐々木を制した。

「はい？」

佐々木はキョトンとしていた。

「俺はまず金の話をしたい。真っ先に金の話をしないヤツは信用できないんだ。率直にいくら必要か教えて欲しい」

佐々木は「わかりました」と頷くと「料金は契約料プラス成功報酬。契約料はもう貰ってるんで……」と説明を始めた。

俺は慌てて「おい、おい待て」と話を遮った。

「契約料ってなんのことだ」

「五年前に貰ってるっしょ」

思い返してみても、身に覚えはなかった。

「なんの話だ」

佐々木はニヤリと笑った。

「ホットの微糖」

その一言で、出会った時の記憶が一気に蘇った。

「ふざけるな。あれはそもそもお前に返したものだ」

「俺はまず、お詫びとして渡しました。そこでプラマイゼロっすよね？　で、翌朝兄さんが俺にくれた。これで俺は一つ得してるんすよ。だから、それが契約料です」

俺は少し混乱しながら「そういうワケには……」と呟いた。

佐々木はつらつらと続けた。

「それに、新人賞取った後にも牛丼奢ってもらったし。しかも大盛。それで充分っす。その代わり、成功報酬はまあ、ミヤビさんと直接会って交渉するって感じでいかがっすか？　じゃないと話が進みませんよ」

佐々木がわざとらしく困り顔をつくった。俺としても埒《らち》が明かない言い合いを続けるのは望んでいなかった。

「…………わかった。では、とりあえずそれで、話を進めてくれ」

「じゃあまず、簡単な自己紹介からしてもらいましょっかね」

佐々木がヘラヘラしながら言った。出会って五年、これが初めての自己紹介か。

俺は大きく息を吸った。

「田島匡嗣《たじまくにひろ》、三十八。職業、一応、小説家」

佐々木がなんとも嬉しそうに、ニヤニヤ笑った。

「書籍のタイトルは『結び』だ」

これからきっと何かが始まる。そんな予感がした。

＊＊＊

「田島先生と出会ったのってそんな昔だったんだね」

俺は拓の私物を段ボールにテキパキ詰めながら言った。

「そうっすよー」

拓は相変わらず俺の倍くらいの遅さでなんとなく荷物を仕分けていた。

「じゃあまさにその時の『結び』で書店大賞取ったんだ。すげえなミヤビ」

「すげえのは田島さんっす」

拓はニヤリと笑った。

「そりゃそうなんだけどさ」

「ま、ミヤビさんはカリスマっすから。てかマジ俺にとってのヒーローっすから」

「拓ってミヤビと、あと道野辺さんともほんと仲良いよね」

「仲良いつーかね、まあ」

拓は言葉を濁した。

「まあ、なんだよ」

「なんすか？　嫉妬っすか？」

拓はニヤニヤ笑いながら言った。

「核心に迫るとすぐそうやって茶化すんだよな」

「男は黙ってるのがカッコいいんすよ」

言いながら拓はチョコの包みをポイッと床に捨てた。

「そこに捨てるなって！」

「へへっ。なんか修司さん、だんだん俺の扱いわかってきましたよね」

「全然嬉しくねーよ」

ゴミ袋を開けると、拓が捨てた六年前の七味が顔を覗かせた。

「……今日の昼飯は牛丼にしようかな」

拓が「いいっすねー」と笑った。

STAGE5

桜の咲くころに

★★★★★

START!!

「桜が咲くころに会いにおいで」

それは、俺が生涯もらった中で一番優しい愛の言葉だった。

冬に会いに行くと言ったのは俺のほうだ。でもあの人はこう言った。

「冬なんて寒くてだめ。それに道が滑って免許取りたての車では危ないから。あなたは桜が好きでしょう。だから、桜が咲くころに会いにおいで」

そう言ってくれたあの人はもういない。

冬に会いに行けばよかった。

けれどあの人の想いに応えたかった。だから俺は春を待った。

遅咲きの桜が咲くころを、楽しみに待っていたんだ。

――やっぱり冬に行けばよかった。

そうしたら、もう一度だけでも会えたのに。

もう幾つ目かもわからない後悔の数を、また一つ積み上げた。

あれから毎年桜の花が咲くたびに、あの人の優しい言葉を両腕でギュッと抱きしめ、俺は生きている。

＊＊＊

久しぶりの雨だった。予報が外れ急に泣きだした空から逃げるように、俺は事務所に駆け込んだ。

肩についた滴を手で払いながらゆっくり階段を上り扉の前に着くと、シャツを脱ぎ、バサッと残った滴を飛ばしてからもう一度袖を通した。

部屋に入るとそこには、暇を持て余したように椅子の背もたれをギコギコ倒しているミヤビがいた。

「おはよう、ミヤビ。雨降ってきちゃったよ」

「チーっス。じゃあ電話かかってくるかもしれないッスねえー」

雨が降ると電話がよく鳴る。部屋にこもる人が増えるからだろう。暇つぶしにネットサーフィンをしている途中でうちの会社を見つける人も多い。

今日の午前、俺とミヤビは事務所の電話番だ。

「なーんかなあー」

ミヤビは椅子を大きく後ろに反らし、伸びをした。

「どうしたの？」

「最近社長、元気ないんスよねえ」

「社長が？　珍しいね。体調でも悪いのかな」

　俺はさっそくコーヒーを淹《い》れながら相槌を打った。事務所に着くとまずコーヒーを淹れる。毎日の習慣だ。事務所のコーヒーは道野辺さん拘りの豆を使っているため非常に美味い。

「いや、食欲は相変わらずだし、特に体調悪いってワケではなさそうなんスけどー」

「でも元気ないんだろ？」

「なんか、珍しくボーッとしてたり」

「ボーッと……割としてるイメージなんだけど……」

「それは事務所にいるときっしょ？　本社にいるときはもうキビキビセカセカしてるッスよ、いつも」

「そうなんだ。本社にいるときはあんまり社長に会わないからなあ。……ミヤビも飲む？」

　俺が手をのばすと、ミヤビは「チーっス」と空になったカップを差し出した。

「事務所は社長のオアシスですからねー。癒やされにきてんスよ、この場所には」

俺はカップを手に自分の定位置であるデスク前に座った。ここにはデスクが社長専用のものを含めて四つしかない。みんなで交代しながら電話番に入るが、だいたい自分が座る席はみんな決まっている。ミヤビはいつも俺の正面の席。使い込んで背もたれがよく伸びる椅子がお気に入りらしい。

「ずっと疑問だったんだけどさ、あんなピカピカの大きな本社ビルがあるのに、なんでこのボロ事務所、畳まないんだろう。依頼者だって初めは必ずここで迎えるし。これ絶対下まで来て帰る人いると思うよ？　最初から本社ビルに呼んだほうがよっぽど信頼感あると思うんだけど」

「それにはちゃんと理由があるんスよー」

ミヤビが人差し指をチッチッと動かしながら言った。

「なになに？」

「この雑居ビルエレベーターないっしょ？　七階まで階段ってしんどいっしょ？　そこまでして来る人の気持ちは相当強いんスよ」

俺は「うんうん」と頷いた。

「人は苦労したほうが諦め悪くなりますから。ここまでしたからには絶対成功してやるって気になってもらうんスよ。要するに、依頼者のモチベーション上げる的な？

逆に生半可な気持ちの人は帰っちゃうんで。結果、依頼成功率上がる的な？『最初から上げ膳据え膳だと本人のやる気なくなっちゃうでしょ』ってのが社長の持論ッス」

「なるほどねー。一応理由があったんだ」

俺は素直に納得した。

「ってゆーのは建前でぇー」

「なんだそりゃ」俺は呆れて笑った。

「単純に手放したくないんじゃないッスか？　このビルは社長にとって思い出の場所なんでー」

ミヤビは両手を広げ、椅子に座ったままクルクル回った。

「思い出の？」

「最初はこの一部屋から始まったんスよ。ヒーローズ株式会社」

ミヤビはピタリと椅子を止めると、コーヒーに手を伸ばした。

「そんな思い出の場所だったんだ。このボロビルがねえ」

「ただのボロじゃないッスよー」

その時、プルルルと電話が鳴った。

反射的に受話器に手を伸ばす。コール三回以内に出ることは、以前勤めていた会社にいたころから体に染みついている。したがってミヤビとペアになる時は、ほとんど俺が先に受話器を取る羽目になる。

「お電話ありがとうございます。ヒーローズ株式会社です。ご依頼でしょうか？」

　結局さっきの電話はイタズラだった。ふざけたＨＰを見て、ふざけた輩《やから》がイタズラ電話をしてくることも少なくない。しかしイタズラかと思いきや、イタズラのような依頼内容の場合もあるので、その見極めに初めは苦労した。

「修司さん、今日何件イタ電あるか、ランチ賭けましょうよ」

　雨の土日はイタズラ電話も格段に増える。みんな出かけられずに暇なのだ。

「いいけど……あっても二、三件でしょ？　賭けにならないよ」

　日々色々な人がこの席に座るので、机の上には雑多に物が置いてある。俺はその中にあった文学誌に手を伸ばしパラパラとページをめくった。

「二なのか三なのか、そこが重要なんスよお」

「どうでもいいなあ。……あれ？」

　俺は雑誌をめくる手を止めた。

「なんスか？」

「田島先生の新作、発売日未定ってなってる……。受賞後第一弾って年内に発売する予定じゃなかったっけ？」

「それ来年に延びたらしいんスよ。なんか改稿に改稿を重ねすぎて筆が止まっちゃったらしくって」

「スランプ？」

ミヤビが「んー」と難しい顔をした。

「じゃないッスかねえ。なんせ突然書店大賞なんて取っちゃったから。色々プレッシャーも感じてるみたいなんで」

「取っちゃったからって他人事《ひとごと》みたいによく言うよ。ミヤビの案件だったじゃん」

「でも今はもう手を引きましたからねえ。『またいつ落ちぶれるかわからねえのに余計な金は使えねえ』って。田島先生らしいッスよ」

ミヤビはケケケと笑った。

「ま、ピンチになったら連絡してねって言ってあるから、あとは見守るだけッス。本音言うと、オレの出る幕ないくらい一人で突っ走ってもらうに越したことはねーから」

そう言うミヤビの雑誌を見る目は優しかった。

「なーんかなあ。時々虚しくなるよなあ」

「何がッスか？」

ミヤビが伸びをしながら言った。

今日は肩が凝っているのか、ミヤビはしきりに腕を伸ばしたり首を傾げたりしていた。

「夢って残酷だよなあって思ってさ」

「どうしたッスか？ 急に」

今度は背中のストレッチをしていたミヤビが、怪訝そうな顔で振り返った。

「田島先生だけじゃなくってさ、漫画家の東條先生とか、女優の多咲真生《たさきまい》とか、今までいっぱい夢を叶えた人を見てきたけどさ。みんな夢を叶えたのに辛そうだったりするじゃん。そう思うと夢って残酷だよ」

「修司さんって、雨の日に割とそんなテンションになりますよねー。俺は雨の日は体バッキバキになるんスよ」

ミヤビは肩をまわしながら言った。

それは歳のせいでは？ と思ったが、口には出さず俺は話を続けた。

「だってさ、夢を見るでしょ？ それに向かって努力するでしょ？ でも叶わないことも多いでしょ？ その後に残るのは喪失感」

「ま、そうッスかねえ」

ミヤビは一通りのストレッチを終えて椅子に座りなおすと、コーヒーを飲んだ。

「で、もしもなんとか叶うとするでしょ？　でもその瞬間に夢は消え去って、その後に残るのはただの現実。そしてまた別の夢を探す日々が始まる。夢って叶っても叶わなくても、結局虚しさだけは付きまとうんだよなあ。キラキラして見えるのは叶うまでなんて、なんかズルいよね」

「そういう意味では、ここは社長にとっていつまでもキラキラしている場所かもしれないッスねえ」

ミヤビは俺を見ると、少し優しく笑った。

「そっか。俺たちにとってはただのボロい雑居ビルでもね」

そう思い部屋を見渡すと、ただのボロがなんとも趣ある空間に思えた。

「ちょっと羨ましいッスね。そういう場所があるって」

「そうだね。俺はそんな場所あるのかなあ」

「俺はあるッスよ」

ミヤビが得意満面に言った。

「えっどこ？」

「小学校の図書室」

「へえー。どんな思い出があるの？」

俺は身を乗り出した。

「奥さんと初めておしゃべりした場所ッス」

「うわっ、何それ甘っ！　なんかムカつくなあ」

俺は乗り出した身をさっと引っ込めると、再び手近にあった雑誌を手にした。

「なんで修司さん、俺と奥さんの話になると怒るんスか。嫉妬？　あっまさか……」

「なんだよ」

「オレ、そっちの気はないッスからね……」

俺は呆れて笑った。

「拓と同じこと言ってるし……。バーカ、単純にモテない男の嫉妬だよ。言わせんなよ。あーあ、あんな美人……いいなあ」

手に持っているのはなぜかそこにあった若い女の子向けのファッション誌だった。

俺は表紙の美人女優を見ながらページをめくった。

「そういえば、祥子さんちょっとこの女優に似てない？」

表紙と巻頭で特集されていた最近話題の女優「貴子《たかこ》」を指差し、ミヤビに見せた。

ミヤビはニヤッと笑うと「そースかー?」と気のない返事をした。

「ま、人を外見で判断してるうちはまだまだッスねえ」

「説得力ないんだよ! あんな美人な奥さん貰っといて」

俺は、艶っぽくしかし健康的に微笑む貴子の特集ページでしっかり目の保養をしながら、ふと思った。

「……てゆーか、最初なんの話してたっけ」

「何がッスか?」

「いや、何か気になる話……。そうだ、社長の話してたんだよ。元気ないんだろ?」

「あ、そうそう。元気ないから心配してるんスよー」

ミヤビが豪快にあくびをしながら言った。

「本当に心配してんの……?」

「めちゃめちゃ心配してるッスよ?」

ミヤビが「どうしてそんなことを聞くのか」と言わんばかりの表情で言った。

「ま、それならいいんだけど……」

と、またピリリリと電話が鳴った。今度は本社からの内線音だ。

ミヤビが受話器に素早く手を伸ばした。内線のときに限り、ミヤビはいち早く電話を取る。急ぎでなければ掛けてきた社員と無駄話をする為だ。

案の定、今回もミヤビは「さっきコンビニで新商品の紅茶買ってー」とか「さっきイタ電あったんスよー。今日何件イタ電あるか賭けます？」等どうでもいい話を長々としていた。

「あっじゃあ代わりまーす」

元気よくそう言って、ミヤビは「修司さん、社長、1番ッス」と俺を見た。

社長かよ！　早く代われよ！

俺は慌てて内線1のボタンを押した。

電話を切ると、ミヤビはニヤニヤしながら「お呼び出しッスかー」と興味津々の様子で尋ねてきた。

「うん……。なんかね、修司くんに新しい任務を与えようかな、とか言われてさ。それで、今から本社で拓と会うことになったんだよね」

「拓ッスか。なるほどねえ」

「なるほど……？」

「修司くん、一番初めに社長と面談したとき、なんと言われたか覚えていますか？」

「わっ」

突如、後ろから聞こえた声に俺は驚いて振り返った。

「道野辺さん、いつからそこに」

俺はバクバク波打つ胸を抑えて、いつもと変わらぬ笑みを携えた道野辺さんに尋ねた。

「つい先ほど、修司くんが電話で社長とお話ししている間に、です」

外は雨だが、道野辺さんはちっとも濡れていなかった。入口にさっきまでなかった折り畳み傘が置かれている。さすが、道野辺さんはいつでも準備周到だ。

「ええと……どうしてここで働こうと思ったの、みたいな感じでしたっけね」

「社長はあなたの名前を何度も呼びませんでしたか？」

「あっ！　そうだ、思い出した！　俺の名前何回も呼んで『どこにでもありそうな顔と名前だね』って！」

「私の記憶が確かならば、その後にこう続けたはずです。『よくある顔と名前は悪くない。特に今の君にとっては』と」

「そういえば、そんなことも言ってたかな……。よく覚えていますね」

「社長とは長いお付き合いですから。そういった反応の時はだいたいこうと相場が決まっているのですよ」

　ミヤビが淹れたコーヒーを、道野辺さんは会釈しながら受け取った。

「どういうことですか？」

「社長はあなたをスパイにしたかったのでしょう。主に誰かと繋がり、信用を得て情報を引き出す諜報《ちょうほう》部員に。……うん、非常に美味しい」

　道野辺さんはコーヒーを一口飲んで言った。

「でしょ⁉　上手くなったっしょ⁉　オレ最近ブラック飲めるようになったんスよー。道野辺さんの選んだ豆限定ッスけどねー。やっぱこの豆には蒸らし時間がポイントっていうかー」

「ちょ、ミヤビ待って。今すごい大事なところだったから」

　ミヤビは「えー」と口を尖らせた。

「オレの豆談義がー」

「昼に、また昼に聞くから！　それで、俺を諜報部員ってどういうことですか……⁉　まさか、ミヤビや拓ならまだしも……」

　道野辺さんはフフフと何か企むように微笑んだ。

「彼らは確かに社交的でありますが、やはりどうしても身なりや立居振舞が目立ってしまいますからね。良くも悪くも記憶に残りやすい。しかし、修司くんはまだ何色にも染まっておらず、また、まだ何者にも成っておらず。そういった意味で、社長はとても期待していたのだと思いますよ。修司くん自身は真っ白いまま、しかし保護色を纏うようにターゲットと共鳴できる人材になることを」

「社長は拓がこうなることわかってたんスね。だから修司さんを後釜にね」

ミヤビがニヤニヤしながら意味深に呟いた。

「えっ拓どうしたの？ 俺何も聞いてないんだけど。俺って拓の後釜ってこと？ 全然タイプ違うけど？」

「それはそれでいいんスよ。修司さんなりの任務を遂行すれば」

ミヤビの言葉に道野辺さんもうんうんと頷いた。

「とりあえず、早く本社に向かったほうがいいんじゃないッスか？ 拓が待ってるッスよ？」

ミヤビに急かされ、俺は不安を抱えたまま本社ビルへ急いだ。

俺が本社の社長室に着くと、拓はなぜか社長の椅子にどっかと座り、立ちっぱなしの社長と談笑していた。

「ちーっす、修司さん。おつかれーっす」

「拓……。あ、社長お疲れさまです」

「修司くん、急に呼び出して悪かったね」

社長の呼び出しが急でないことのほうが少ないが、俺は「いいえ全然」と笑顔で答えた。

「実はねえ……今日君をここへ呼び出したのは、修司くん。君に重大な任務を与える為なんだ……」

社長は少々演技がかった口調で、たっぷりとした顎を撫でながら、くるりと俺に背を向けゆっくりと窓際へと歩いた。

拓を見ると、吹き出すのをこらえている顔をしていた。

「修司くん……」

社長はたっぷり間を取って振り返ると、「犯人はお前だ！」のように俺を指差した。

「君にはスパイになってもらう！」

社長の額には「決まった！」と書いてあった。

しまった。リアクションを考えておくべきだった。
慌てた俺は、指差したままドヤ顔を見せる社長に「はい」と普通の返事をした。

「あー、なんか変な汗かいたよー」

日曜の午後、雨上がりの繁華街を拓と並んで歩きながら、俺は愚痴を零した。

「修司さん、マジでリアクション薄かったっすよ！　社長あの後『修司くん驚かなかったね……』ってすげーしょんぼりしてたんすから！」

「いやいや、俺は入った瞬間、拓が社長の椅子でふんぞり返ってることに一番驚いたよ」

「俺あの椅子好きなんすよー。気持ちいいっしょ？　社長が立って歩いて振り返って、ってリハーサルしてたんで、俺は監督役してたんすよ。『もっと肘を伸ばして！』ってね。あーあ、社長可哀そうー」

拓はケラケラ笑った。完全に面白がっている。

「ところでさ、一体どこに向かってるの？」

さっきから拓は急に止まったり、速足になったり。バラバラなペースでただ街を歩き続けていた。

「さあーそれは対象者に聞いてください」

「対象者？」

「修司さん、いま自分が何してるかわかってます？」

「え、俺？……歩いてるけど？」

拓はヒャーハッハと変な声で笑った。

「それなら大丈夫っすね。敵を騙すにはまず味方から。……あっ、ストップ」

拓は急ブレーキをかけるように立ち止まった。

「なに、なんなの？説明してよ」

「社長が言ったでしょ？修司さんをスパイにするって」

そう言うと拓は我慢できないというように「プッ」と吹き出した。

「あの時の修司さんの顔！社長があんなドヤ顔なのに、あの白けた顔！」

「しょうがないだろ！道野辺さんから大体聞いてきちゃったんだから……」

さっきの対応がまさかボーナスの査定に響いたりしないだろうな。あの会社、というよりあの社長は何をどうするか想像がつかないだけに不安だ。

「はーい、歩きまーす」

言いながら拓がさっさと歩きだした。

「だから！さっきから一体何やってるの？」

「マジでわからないんすか？思ってたより鈍いっすね」

悪かったたな。俺は拓を横目で睨んだ。

拓はぐっと声を落とすと早口で言った。

「対象者は二十代女性。左利き。黒髪、長髪、痩せ型。白いシャツにジーパン。赤い鞄を斜め掛け。ピンヒールの黒いパンプス」

俺は急いで辺りをキョロキョロと見まわした。

「キョロキョロしない！」

しかし対象者が見つからない。対象者が前を歩いているならキョロキョロしても大丈夫そうなものなのに。

「まずは怪しまれないこと。対象者にはもちろん、周囲の人間にも怪しまれないこと」

拓は相変わらず早口で言った。

赤い鞄。赤い鞄。

一番目印になりそうな情報を主に捜すが、やはり見つからない。

「試合はもう始まってるんすよー。スズキさん」

「スズキ!?」

「念のため、対象者の近くで本名は明かさない」

「そ、そんなに近いの？」

「キョロキョロしない！」

「はい……！」

一気に緊張感が高まった。

「まだ見つけらんないっすか？　ここらで一人しかいませんよ。情報に合う人物」

「ええと……」

思っているより近くにいるのかもしれない。俺はキョロキョロしないように、なるべく目玉だけを動かして近いところから順番に捜した。

黒髪、痩せ型、白いシャツ、赤い鞄。

「あっ……！」

思わず声を出しそうになって、俺は慌てて口を塞いだ。

拓は呆れたように笑っていた。

「いいすっか。まず、尾行の目的を明確にすること。対象者が向かう目的地を知りたいだけなのか、対象者の行動記録を取りたいのか。前者であれば、尾行に集中すればいい。ただし後者であれば途中で記録を取らなくてはいけない。ま、最近はスマホがあるから便利っすよね。ずっとノートにメモ取ってりゃ否でも目につくけど、スマホピコピコやっててても怪しくねーし」

拓の話など全く耳に入ってこなかった。

「肩に力入りすぎっす。肩凝りますよそれ」

「う、うん……」

拓はわかりやすく「だめだこりゃ」という顔をした。

「修司さん、一旦休憩しましょ」

「えっ、でも対象者が……」

「いいからいいから」

道路に面したオシャレなカフェのオープンテラス席に、俺たちは腰を下ろした。

「捜すのにあれだけ時間かかってたら失格っすよー」

「ご、ごめん……」

「本来ふたりでの尾行ってのは最もやりやすいんすよ。立ち止まって話していても自然だし、一人芝居より二人芝居のほうがやりやすい。本当は男女が最高なんすけどね。どこに入っても違和感ないし」

アイスラテにシロップをたっぷり入れながら拓は言った。

「だって、急に始まったし……。赤い鞄がわかりにくくて」

「あれはちょっとした意地悪っす。赤い鞄は確かに目立つけど、斜め掛けしてたからちょうど修司さんの位置からは見えにくかったんすよ」

「初心者にそんな意地悪しないでよ」

俺はアイスコーヒーを一気に喉に流し込んだ。思ったより緊張していたのか喉がカラカラだった。

「へへへ。でもちゃんと言ったっすよ？　斜め掛けって」

拓はテーブルに運ばれてきたロールケーキを嬉しそうにフォークで突き刺し、口へ放り込んだ。

「いいっすか？　俺は独学なんで、修司さんも慣れればやりやすいように『自分ルール』を作ればいいっすよ。まず基本的なことを言えば、特徴はとにかくわかりやすく伝えること。例えば『対象者は黒いパンツ』と伝えると、ズボンのことなのか下着のことなのかわからないっしょ？」

「道を下着で歩いてたら、それはその時点で捕まるんじゃ……」

「対象者が道を歩いてるとは限らないっすよ。室内を外から見張ることもある。その場合、本当に黒い下着が目印になるかもしれないっす。だから意味を取り違える可能性がある言葉は使わない。そして大切なのは靴の情報。これはできるだけ詳しく。ただ『黒い靴』と伝えるのと『ピンヒールの黒いパンプス』と伝えるのでは、見つけやすさが段違いに変わります。スニーカーなのかローファーなのかショートブーツなのか革靴なのかウェッジソールなのか。なので靴の種類に関しては知っておいたほうがいいっす」

拓が流暢に話しだしたので、俺は慌てて鞄をさぐった。

「ちょ、ちょっと待って、メモ取るから……！」

拓は「相変わらず真面目っすねー」とケラケラ笑った。

「後で資料にして渡すんで、しっかり耳で聞いてください。耳で聞いたことを正確に覚えるのも訓練のうちっす」

いつも通りにこやかではあったが、コンビニで見る適当な姿とはまるで別人のような拓の姿がそこにあった。

俺は先日、拓が神田のばあちゃんの言葉を再現していたことを思い出した。きっとあれも相当正確な言葉なのだろう。

「でも、どうして靴をメインになの？　靴なんて見にくくない？」

拓はチッチッチと、人差し指を顔の前で振ってみせた。

「対象者に近づく場合、頭を見てしまっては対象者がふいに振り返ったときに目が合っちゃうでしょ？　だから追う時は足元を見るっす。ずっと足元を見続けていれば、立ち止まりそうになったらすぐに気づける。あとこれはかなり慣れてくるとですけど、歩き方で対象者がわかるようになったりするんです。歩き方ってのはそうそう変わるもんじゃないんで、たとえ髪型を変えたり変装していてもわかったりするんです」

今度はテーブルにパフェが運ばれてきた。

「尾行中の飲食は会社の経費になるんで、食わなきゃ損っすよ、修司さん。あ、アイスラテお代わり。修司さんは？」

「じゃ、俺もアイスコーヒーを……」

ウエイトレスはにこやかに去っていった。

「お昼食べたとこなのに……よく入るねえ」

「俺、探偵スイッチ入るとやたら甘いもの食べたくなるんすよー。今日暑いしー」

嬉しそうにパフェをつつきながら、拓は「じゃ、行きますよ」と笑った。

俺は少し前のめりになって拓の話に集中した。

「とにかく不自然な動きをしないこと。対象者が振り返った時、慌てて目を逸らす、急に立ち止まる、急いで物陰に隠れるなんて以《もっ》ての外《ほか》です。たとえ目がばっちり合ってしまっても本当に偶然の出来事であれば誰もそこまで慌てません。そのままゆっくり視線を横にずらす、何かを探している最中に目が合ったんだよ、ってな感じで。もし怪しまれて対象者に見つめられたりしたら、「何か？」という表情を見せるのも有効です。『え？　何か俺に用ですか？』みたいな。あと眉間に皺寄せて目が悪いフリをする、とかね。すると大抵の人は『気のせいか』って思ってくれます」

俺は「なるほど……」と頷きながら、必死で頭を回転させ拓の話を反芻《はんすう》した。

「不自然な動きというのは思っている以上に人の記憶に残るんです。特に対象者が女性の場合。女性は常日ごろから周囲に怪しい人間がいないか気を配っています。友達とランチしている女性が突然『あの人、なんか変じゃない？』なんて言いだすの見たことありませんか？　いつなんどき自分が事件に巻き込まれるかもしれないという不安感が男性より強いのでアンテナはってるんすよ。特に夜道。夜道の女性を男性が追う。これはベテランでも難しいパターンです。男が後ろ歩いてるってだけで大抵の女性は警戒しますからね、下手すりゃすぐに警察沙汰っす」

拓の口は、普段のダルそうな話し方が嘘のようによく動いていた。

俺が口を挟むスキもないほど、拓は滑らかに話し続けた。

「もし近づきすぎて気配を感じ取られたら、とりあえず抜き去ってしまうこと。場合によってはすっぱり中止するか、誰かにバトンを渡すか。俺は絶対失敗したくないときは必ず二重尾行にします。相方には俺を尾行してもらうんすよ。で、顔見られたり雲行きが怪しくなったらそいつにバトンタッチ。尾行者が代わると大抵対象者は安心してくれます。対象者の行動パターンが決まっている場合は中継地点を決めてバトンタッチしてもいいんすけど、万が一パターンがずれる場合もあるんで、俺はあまりやりません」

「けど、離れているパートナーとどうやってバトンタッチするの？」

「普通に電話します。で、さっきやったみたいな情報提供。服装なんて当日じゃないとわかんねーし。もちろん相方にも事前に面取りはさせときますよ。あっ面取りってのは、尾行を始める前に対象者の顔を確認すること」

「その、雲行きが怪しい感じって例えばどんな？」

「相手が警戒しているかどうかってのは、単純に振り返る回数でわかりますよ。過去に尾行された経験があるとか、ものすごい神経質な人だと鏡で後ろを見たりもあるっすけどね。その場合、必ず一度鞄に手を入れますから、入れたら注意して。ま、そんな人滅多にいないっすけどね」

俺は「はあー」と感嘆の溜息をついた。

「今までのところで他に質問は？」

「ええと……あっ、情報に左利きってあったけど、あれって重要？」

「おっいい質問！　実はそれって超重要なんすよ。人ってね、振り返るとき右から振り返る人が圧倒的に多いんすよ」

「うんうん」

「じゃ、ここで問題。人を尾行するときはどの位置に立つのが正解？」

「え、ええと……右から振り返るってことは、反対の左後ろらへん……？」

「おー！　せーかーい！」

その声でようやく少しほっとして肩の力が抜けた。

そんな俺を他所に、拓は「なんすけど」と続けた。

「左利きの人だけは左から振り返る人も結構いるんすよ。だから、左利きに関しては注意が必要。ちなみに今回の対象者は左利きで左から振り返るタイプっす」

俺は「はあー」と声に出した。

「なんか……やっぱり拓もすごい人だったんだね……」

「なんすかそれー」

拓はやっぱりヘラヘラ笑っていた。

エネルギーを補充した俺たちは次に混雑した駅へ向かった。

「じゃあ、次はさっき言った面取りの訓練っす。対象者はさっきと同じ。この写真の人物と同一人物であるか確認をしてください」

拓は一枚の写真を取り出した。

そこには二十代前半に見える、目鼻立ちのはっきりした上品な美人が写っていた。

誰かに似ているな。

一瞬思ったが、パッとその人物が思い出せなかった。

「彼女の行動パターンはわかってるんで、もうすぐ来ます。で、面取りには色んな方法があるんですが、修司さん専用のやり方を考えてきたんで」

拓はニヤリと笑った。

「まず対象者に後ろから近づきます。次に軽く肩をぶつけて『すみません』と謝るんです。相手は必ずこちらを向くため、ガッツリ顔が見れます」

「それ大胆すぎない？　自分の顔もはっきり見られちゃうよね？」

「だから修司さん専用なんすよ。ぶつかったのがミヤビさんならさすがに印象に残るけど、修司さんが周りと同じようなスーツ着て、普段と違う髪型して、普段しない眼鏡でもかけてれば、次に会ってもほぼバレることはないと思うっす！」

拓は胸を張った。

ここまでさんざん言われてきた「特徴のないどこにでもある顔」が役立つってことか。あまり嬉しくはない。

「今日は練習だからしてないっすけど、眼鏡は有効っすよ。まず眼鏡をかけているってことが印象に残ってくれますからね。ただ、変な眼鏡はしないこと。あくまで自分に馴染むものにする。それも不自然さの消去ですよ」

不安がないわけではないが、これほど拓が自信を持っているのだから大丈夫だろう。先ほどの汚名返上にしっかりやってやろう。

「来ましたよ。さっきと同一人物ですよ。情報、覚えてます？」

黒髪、白シャツ、ジーパン、赤い靴、そして黒のピンヒール。

「うん、覚えてる」

俺は足元に注視しつつ対象者を捜した。今回は先ほどより早く対象者を見つけることができた。

「わかった」

「ぶつかるのはどっち？」

「左……のほうが彼女は振り返りやすい」

「オッケー。じゃあ、行きましょう」

俺はひとつ深呼吸をして、対象者へと後ろから迫った。

俺は駅で急いでいる人だ。少し速足で、追い抜こうとして軽く肩がぶつかる。

大丈夫、不自然さはない。

黒いピンヒールを見ながら彼女を追いかける。

だんだん近づくにつれ心臓が高鳴る。

とうとう肩が並ぶ手前まで来た。今だ。

「あ、すみません！」

ちょうど良い感じに肩がぶつかった。

彼女がこちらを向いた。

見えた。はっきりと彼女の顔が。目鼻立ちのしっかりした上品な美人。

間違いなく写真と同一人物だ。

俺は会釈してその場を立ち去った。

次の瞬間、右腕に衝撃が走った。

「佐々木でしょ⁉」

彼女は俺の右腕を掴み、強い瞳で俺を睨みつけていた。

ヤバい――

顔から血の気が引いていくのを感じた。

彼女は俺を捕まえたまま、周囲を見渡して叫んだ。

「拓!! どこにいるのよ！」

周囲の人が何事かと振り返り、後ろの柱の陰から拓が観念したような顔で現れた。

そして俺に向かって「大丈夫、悪くなかったっすよ」とヘラヘラ笑った。

俺と拓と対象者であった彼女は近くの喫茶店まで移動した。アイスコーヒーの飲みすぎでまだちゃぽちゃぽしていたはずの身体が、緊張でカラカラになっていた。

彼女は座るや否や大きな声を上げた。

「まったくもうー！ 何度も何度もー！」

「いやあーもう友達になって十年経つんだしー、ちょっとくらい協力してくれてもいいじゃーん」

拓のヘラヘラした顔をキッと睨みつけ、彼女はピシャリと言った。

「まだ九年よ！」

彼女の名は立花彩芽《たちばなあやめ》。二十五歳。拓とは高校生のころからの友人らしい。

異様なテーブルの空気に、恐る恐る注文を聞きに来たウエイトレスに対し、彼女はパッと豹変《ひょうへん》すると「この季節のパンケーキ、トリプルでくださーい。トッピングにチョコアイス追加で。あとアイスオレンジティー！」と笑顔で言った。

すかさず拓が「あ、俺小腹すいてきたからミックスサンド食おう。あとアイスラテ」と続いた。「修司さんは？」と、ヘラヘラ笑った拓に、俺は引きつった笑顔で「俺はアイスコーヒーだけで」とウエイトレスに伝えた。

本当に経費で落ちるのだろうか。さっきの店の支払いも俺がした。俺は財布の中身を確認したい衝動に駆られた。


結局、立花彩芽は食べるだけ食べると「予定があるから」とあっさり帰っていった。

「知り合いなんだったら最初から言っておいてよ。三年は寿命縮んだよ」

本社への帰り道、俺はずっと拓に文句を言い続けていた。

「だってー、そんなこと言ったら緊張感なくなっちゃうでしょー。本番では勿論知らない人に対してやるんだしー。もう時間もないし、荒療治っすよ」

そういえば今朝ミヤビも、拓に対してなんだか意味深なことを言っていた。

「時間ないってどういう意味？」

「それを今からちゃんと説明しますねー。ってことで、こっち」

拓が今度は営業が始まったばかりの高そうな焼き鳥屋を指差した。

「まだ食べんのかよ！　本社で話せばいいじゃん！」

「そんなの、今日はもう直帰っすよー。酒入ったほうが話が進むっしょ？」

つまり経費ではないんだな。

俺は立ち止まって拓の目の前で財布の中身を確認した。

拓はそんな俺を見てゲラゲラ笑っていた。

「まずは、お疲れさんしたー！」

生ビールのジョッキを一方的にガチンと合わせて拓が言った。

「おつかれー……」

「うわっテンションひくっ！　仕事終わりのビールなのに！」

「仕事……した気しねー、今日……」

拓はそんな俺を無視して「カーッ！」とビールを飲み進めた。

「で、どうして急いでるの？」

上機嫌の拓に尋ねながらも、俺は自分の中で予測をつけていた。

拓は来年度大学を卒業する。

「俺、ヒーローズ辞めるんすよ」

やっぱりか。

「で、インターンシップってやつがあって、それを今のうちにに受けたいんすよね」

「もうどこの企業にするか目星はついてるってことだね。すごいじゃん。いつからなの？」

「来月からっす。来年は卒論とかも書かなきゃいけないし、もうこのタイミングで辞めようと思って。今月末までっす。社長とミヤビさんと道野辺さんはもう知ってるっす」

「そっか。おめでとう、だよね？　おめでとう」

俺は拓に向かってジョッキをかかげた。拓もジョッキを手にニカッと笑った。

「あざーっす。それで修司さんには申し訳ないんすけど、ちょっと急ピッチで俺のノウハウっつーか、色々をお伝えしようかなーと」

「それで今日みたいにスパルタだったんだ」

「そうっすねー。実は修司さんには折り入ってお願いがあるんすよ」

「お願い？」

拓が珍しく真面目な表情になった。

「俺が会社関係なく個人的に引き受けてる依頼があるんすよ。できれば今月中にカタつけたいっすけど、もし無理だったら、修司さんに引き継いで欲しくて」

「いいよ。何？」

拓は少し俺を見た後、ヒャッヒャと笑った。

「なんだよ」

「いや、修司さんてほんといい人だなーと思って。普通、いいよって言う前に内容聞きますよ？　しかも会社通してない怪しい依頼なんて」

「多分だけど……拓は悪いことはしてないと思うから」

拓は黙ってニヤリと笑った。

「だから、いいよ。拓にはシフト代わってもらった借りもあるし」

「それって……まさか去年じいちゃんの見舞い行ったときのことっすか？」

「うん、それ」

「修司さんってほんと……」

そう言うと拓はなんともいえない笑顔でくしゃっと笑った。

「お人よしっすね」

そんな拓の顔を、俺は初めて見たような気がした。

「修司さん、ちょっとだけつまんねー話してもいいすか」

「うん、いいよ。もうこうなりゃなんでもいいよ。話せよ」

「なんすか、そのヤケクソ感」

拓は笑いながら店員にボトルキープしてあった焼酎の瓶を頼んだ。

「社長のっす」

「マジか！　さすがにマズいだろ」

「めっちゃ美味い酒っすよ！」

「いや、そういう意味じゃなくて……」

拓はボトルの栓をキュポッと開けると、グラスにとくとくと注いだ。

「この話を誰かにするときは、これ飲んでもいいって社長に許可取ってるんです」

本当だろうか……。こういうところは信用できない。俺が疑心暗鬼で酒を注ぐ手元を見ていると、おもむろに拓が口を開いた。

「俺、親いないんすよ」

「……………亡くなったの？」

一瞬の間を置いて俺は普通に尋ねた。同情を示すのは、拓は嫌うと思った。

「亡くなったっつーか、失くなったっつーか。まあ、そんな感じっすね。気づいたらいなくなりました」

「気づいたらって……」

俺が少し笑うと、拓も少し笑って言った。

「修司さん、ネグレクトってわかります？」

「ああ……知識程度には聞いたことあるよ」

胸がズキンと痛んだが、俺なんかが「痛い」と思うのは拓にとって失礼なんじゃないかとも思った。

「まさにそれっすよ。育児放棄。俺は親に飯作ってもらった記憶なんてマジでないんで。父親はどこの誰かもわかんねえし、気づいたら一人できったねえ部屋で生きてて、気づいたらとりあえずインスタントでもメシ運んでくれてた母親が帰ってこなくなって、気づいたら施設にいたっす」

拓はまるで昨日観た映画のあらすじのように飄々と話していた。

「そうなんだ……」

「そうなんす。なかなかハードな人生っしょ？」

「うん……」

俺は正直に、小さく頷いた。

「俺、あの言葉キライなんすよね」

「どの言葉?」

「お前より不幸なヤツもこの世にはいるんだよ? ってやつ」

拓は俺の顔色をちらりと確認するように見ると、また飄々と話した。

「なんでわざわざ自分より不幸なヤツ探して比べなきゃいけねえんだよって。てかわかんないじゃないっすか。そいつがどれだけ不幸かなんて。金がなくって不幸せそうに見えたって実際は幸せなヤツもいるし、その逆ですげえ金持ちでも不幸せなヤツもいるし。表面で見えるものだけで人の幸せなんて量れるもんじゃねえよって思うんすよね」

「なるほどね」

「どうせ見るなら幸せなもの見たいじゃないっすか。ある時、田島先生が言ったんすよ。『あの頃の俺はとにかく楽しいものを見つけたかったんだ』って。きったねえ世界にいたからこそ、少しでも楽しいものを探したんだって。俺、その気持ちすっげえわかって。ちょっとでも楽しいこと見つけたかったんす。自分が不幸だなんて思いたくなかった。花の匂いとか、特別なおやつとか、いつでもそんな小さい楽しみばっかり見つけてたんです」

「そうか……」

「そうすれば楽しいよって教えてくれた人がいたんすよ」

拓の表情が一気に優しくなった。きっと誰かの顔が頭に浮かんだのだろう。それはきっと、拓にとって特別で大切な人なんだろう。言葉にしない表情から、拓の気持ちがトクトクと伝わってくるようだった。

「あの人は俺がいた施設のボランティアでした」

拓は懐かしむように目を細めた。そのどの表情も俺が初めて目にするものだった。

「あの人にはずっと子供がいなくて、できなくて。本当は特別養子縁組ってのをしたかったらしいっすよ。後になって教えてくれましたけど。でも持病があったから難しいらしくて、それで施設のボランティアをしてたんです。週に一度か二度施設に来て、子供たちと遊んだり読み聞かせをしてくれたり。当時、俺はまだ施設に馴染んでなくて、仲良いヤツもいなくて。そんな俺のこと、あの人は特に気にかけてくれてた。俺はそれが嬉しくて……。ある日、あの人の跡をつけたんです」

「跡をつけた？」

「あの施設には個人的にボランティアさんの家に行ったりしちゃいけないってルールがあって。多分、ボランティアさんに負担がかかったりトラブルが起こるのを防ぐ為だと思うんすけど。でも俺、どうしてもあの人と話がしたくて。なんかわからないけど、みんながいない場所でゆっくりあの人と話がしてみたくて。それで帰り道、跡をつけたんす。あの人は大きな家に住んでました。庭には立派な桜の木があって、ちょうど満開の桜がすごく綺麗だと思った。俺はものすごい緊張しながら呼び鈴を押して、そしたらあの人がいつもの優しい声で『はーい』って出てきた……。なんでかその瞬間のことは今でもはっきり覚えてます」

「まるで探偵だね」

そう言った俺に、拓は少し驚いた顔をした。そして嬉しそうに言った。

「あの人も同じこと言いました。あの人は俺の姿を見た時、怒るでもなく、困るでもなく、いつもと同じようににっこり笑って『あらあら』って。それから『あなた探偵になれるかもね』ってウインクして、俺を家に入れてくれた。それから俺は何度もあの人の家に通った。その度にあの人はにこにこ迎え入れてくれた。俺もあの人も、他の誰にも二人のことを話さなかった。ずっと、俺が施設を出てもずっと、最後まで二人の秘密だった」

拓は一呼吸おくように、グラスを口につけ「やっぱこれ美味い」と呟いた。

俺も「そうだね」と頷いた。

焼酎はあまり得意ではなかったが、その口当たりはまろやかで優しく感じた。

「ある時、学校の授業で枕草子《まくらのそうし》をやったんです。修司さん、わかります？」

「春はあけぼのってやつ？　ようよう白くなりゆく……なんだっけ」

「ようよう白くなりゆく、山ぎは少しあかりて、紫だちたる雲の細くたなびきたる」

「あー確かそんなだった。よく覚えてるね」

拓はへへと笑った。

「でも俺、全然意味がわからなくって。あの人に聞いてみたんです。そしたら読み聞かせをしながら教えてくれて。『春は夜明けがいいって意味よ』って。その後、俺にこう言ったんです。こんなに昔から人は楽しみを見つけるのが上手だったのねえ、って。『拓は春のどこが好き？』って聞かれて、俺はそんなこと一度も考えたことなくて。目の前に桜の木があったから、俺は初めてこの家を訪ねた日を思い出して『春は桜』って答えた」

拓はその時を思い出すように、ゆっくりグラスを傾けた。

「そしたらあの人、桜の木を見ながら『じゃあ来年どんな桜が咲くか楽しみね』って。

楽しみが一つ増えたわね、って。それで、夏のどこが好き？　秋のどこが好き？　冬は、私は好きじゃないけど、施設でぜんざいをたくさん作ってみんなで食べる時だけは好き、って。あの人、寒がりで食いしん坊だったから」

空になった拓のグラスに、俺は酒を注ぎ足した。きっと社長は怒らないだろうと思った。

「あの人は優しい旦那と裕福に暮らしてたけど、切望していた子供には恵まれなかった。養子を取ることもできずに、ただボランティアとしてしか子供と関わることができなかった。それでもあの人はとても幸せそうだった。それにあの人は、一度も俺の生みの親を悪く言ったことがないんです。子供を産んで子育てを放棄した人のことを、その後一度も俺に会いに来なかった人のことを、決して悪く言わなかった。『あなたは愛されてたわ。けどね、お母さんにはお母さんの事情があったのよ』なんて微笑んで。俺に『愛されていた』と言ってくれた人は、後にも先にもあの人だけだった」

辛い話のはずなのに、そう話す拓はとても幸せそうだった。それはきっと、あの人の愛情を拓が受け取って育ったからだろう。哀しい記憶を塗り替えられるほどの、大きな愛情を。

「あの人は教えてくれたんです、俺に。季節は美しいってこと。小さな楽しみを見つける方法。そして、人と人との出会いが素晴らしいってことも」

拓は強い。俺が拓と同じ環境だったなら、そんな風に思えただろうか。

「……修司さんは春の何が好きっすか？」

「俺は……なんだろう。桜も好きだけど、毎年花見するとかってほどでもないしな……。

俺もそんな風に考えたことなかったかもしれないな」

「それは修司さんの人生が、あえて楽しいものを探す必要もないほど幸せで満ち足りていた証拠っすよ」

「そうなのかな……」

「かあちゃんがいて、とうちゃんがいて、田舎に優しいじいちゃんもいて、幸せだったんすよ」

拓は優しく微笑んだまま俺に続けた。

「俺らは探すんすよ。ちょっとでも楽しいこと。そしたら、次の桜を見るまでは頑張ろうって思えるから。田島先生が金木犀の香りを大好きだったように、そんな些細な安らぎが、俺たちには必要だったんす」

拓と俺は互いにグラスを傾けた。

少しの沈黙が過ぎた後、俺は静かに尋ねた。

「その方とは今も会ったりしてるの？」

拓は静かに首を振った。

「亡くなりました」

「そう……」

「俺は施設を出てすぐ、高校の時にバイトで貯めた金で東京に出たんです。もうほんと、身ひとつで。あの人は俺が家を契約する時は東京まで来て保証人になってくれたりした。それからもちょくちょく電話してくれたり、米とか味噌《みそ》とか送ってくれたり。でも俺は自分の生活に精一杯で全く会いに行けなくて。それすらあの人は『そんなお金あったら自分の為に使いなさい』って言ってくれた。それから三年して、ようやく車の免許取る金ができたから、会いに行って車で温泉でも連れてってあげようって。あそこクソ田舎なんで車ないとなんにもできねーんすよ。泊まりは無理でも日帰り温泉くらいならって計画してた……そんな矢先のことでした」

拓は深く息を吐いた。

「俺、あの人と考えた『春はあけぼの』まだ覚えてるんです。一緒に考えたんすよ。どんな表現があるんだろうって、本で調べたりして」

俺が「聞かせてよ」と言う前に、拓は口を開いた。

「春は桜。ようよう蕾ほころびゆく、枝先は少し下がりて、薄紅だちたる花のいとにほひやかなり」

庭に咲いた美しい桜を並んで眺めている、拓と〝あの人〟の姿が見えた気がして、胸が苦しくなった。

――ブルルルル。

バイブレーションにしていた携帯がポケットで震えた。

すぐに電話に出ると、相手は低い声で言った。

――黄色いカーディガン、紺の七分丈ズボン、白のスニーカー。

「おーわかったー。すぐ行きまーす」

俺はなるべく自然な会話のように言った。

携帯を耳に当てた拓が正面から歩いてきた。俺はそのまま拓とすれ違った。

少し歩みを早める。

黄色いカーディガン、紺のズボン、白のスニーカー、白のスニーカー。

――いた。

対象者は俺の顔を知っている。少し距離を空ける。

携帯電話は手に持ったまま、拓のアドレスを入れたメールボックスを開けている。

少し先の交差点で、車用の信号が黄色に変わった。

いけない。俺は小走りになり人を避けながら前に進んだ。横断歩道の手前に着いたころ、歩行者用の信号が青に変わった。ここの信号は短い。周囲の人波が足早に動きだす。俺はその流れに乗って横断歩道を渡った。

対象者は俺の五メートルほど左側、ほぼ同じライン上に並んでいる。

横断歩道を渡り終えた俺は、人波から外れ電柱の傍で立ち止まり携帯電話をいじる。そうしながら対象者との適切な距離を再び確保する。

そうしてまた白のスニーカーを注視しながら歩き続ける。対象者の足の動きが和らいだ。止まりそうだ。俺は再度、道路の端へ寄り携帯を見るふりをした。

対象者は歩道沿いの花屋に入っていった。

俺はメールに『1130　渋谷《しぶや》　ガーデン・ペティ』と打ち込み送信した後、すぐに送信BOXからそのメールを削除した。

ほどなくして対象者が出てきた。しばらくウィンドウショッピングをするようにブラブラと歩いた後、カフェの看板の前で立ち止まり、メニューを確認するとそのまま入店した。

俺は道路沿いの電柱を隠れ蓑《みの》に立ち止まると、メールに『1155　渋谷　カフェカタ－ラ』と記入し、送信した後、またすぐに送信履歴を削除した。

背にした電柱から半分体を出して、携帯をいじるふりをしながらガラス張りの店内を目だけで確認する。しかし手前の見える範囲には姿がない。

仕方ない。もう少し近づこう。俯いたまま入口に近づく。

「おい！」

後ろから肩を強く叩かれ、俺はびくっと身を竦めた。

「おぬし、まだまだよのう」

振り返ると、立花彩芽が得意げな顔でニヤッと笑った。


「ハンバーグプレートとアイスアップルティー。あっトッピングに目玉焼きとチーズお願いします。それと食後にチョコプリンパフェとアイスキャラメルカプチーノ」

「俺はアボガドチーズバーガーとコーラ。オニオンリングフライも。食後にガトーショコラとアイスラテ。修司さんは？」

「ええと……本日のAランチセットを……」

「セットのお飲み物はどうされますか？」

「じゃあ、アイスコーヒーを食後に」

ウエイトレスが去った後、拓が「デザートいらないんすかあ」とヘラヘラ笑った。

「大丈夫……ていうか二人ともよく食べるよね」

「「普通だし」」

二人が声を揃えて言った。

本日も俺たち二人の尾行対象者であった立花彩芽は「また一食浮いたわ」と嬉しそうに笑った。

「どこでわかったんですか？」

落胆して尋ねる俺に、立花彩芽は「フフン」と得意げに眉を上げた。

「交差点のところよ。私のライン上に並んだでしょう。道路を見渡した時に偶然目に入ったの」

「だから、立ち止まる時は必ず対象者のいるライン上より後ろだって言ったじゃないっすかあ」

「つい行きすぎちゃったんだよ。ちょっとだけ戻るのも不自然な動作になるかと思って……」

「尾行の練習台にされるのはうっとうしいけど、バレると豪華な食事にありつけるからそれはそれで得なのよねー。この店まえから気になってたんだ」

立花彩芽はウキウキと、美味しそうな料理が並ぶ他のテーブルを見渡した。

俺は楽しそうな立花彩芽を前に、昨夜拓に聞いた話を思い出していた。

『――それから俺は立花彩芽に近づき、彼女の情報を売りました。十年もの間ずっと。それを今後は修司さんに引き継いで欲しいんです――』

「――で、修司くんはどっちが好き？」

「えっ⁉」

突然立花彩芽に声をかけられ、俺は裏返った声を出した。

「なに昼間っからぼーっとしてんのよ？」

「そりゃあ、尾行は神経使うから疲れちゃったんでしょー」

俺の代わりに拓が答えてくれた。

「う、うん。やっぱ初めは緊張しちゃって」

「慣れても緊張はしますよー」

ヘラヘラ笑う拓に彩芽は「拓でも緊張なんてするんだー」とからかうように言った。

「たりめーじゃん。俺って繊細だから……」

「どこがよ！　あんたほど神経図太い人、私見たことない」

楽しそうに会話するその様子は、どこからどう見ても気の置けない友人同士のそれだった。

「それで、なんの話だったっけ？」

「だからー、ハンバーグにかけるソースだよ。私は断然デミグラス」

「デミグラスなんて気取ってるっしょー。俺ハンバーグはケチャップじゃないと食った気しないんすよ。修司さんは？」

「俺……は、ソースはなんでもいいけど、パイナップル乗せるの好きなんだよね」

二人は一瞬黙った後、再び声を合わせて「ないわー！」と叫んだ。

火曜日の午後六時。事務所からほど近い、古い喫茶店。

毎週この日、この場所が依頼人との約束だった。

十年近くもずっと続いたこの依頼。

俺は少々緊張した面持ちで、依頼人を待った。

そして、六時きっかり。その人は現れた。

「修司くん、お疲れ様です。仕事の後に申し訳ありません」

道野辺さんはそう言って、いつもと同じように優しく微笑んだ。

あの日、拓は俺に『俺に代わって立花綾香の情報を売って欲しい』と頼んだ後こう言った。

『依頼人は道野辺さんです』

十年弱にも渡って、拓と道野辺さんの情報を売買する関係は続いていた。

そのことについては、社長もミヤビも誰も知らない、拓と道野辺さん二人だけの秘密だった。

「それで、今週はいかがでしたか？」

「はい、相変わらず元気ですよ。準備も滞りなく進んでる感じで。日曜には花屋でブーケの打ち合わせと、その後俺と拓と三人でランチ。どうやら今はハンバーグに凝っているようですね。俺とも怪しまれることなく打ち解けてきてると思います」

立花彩芽は来月に結婚式を控えていた。日取りは拓が海外に立つ直前で、拓も式から参加する手はずになっている。

「ただ、ひとつ問題が……」

俺の言葉に道野辺さんの表情が険しくなった。

「式直前の新婦にしては食べすぎです。ドレス裂けるんじゃないかなって」

道野辺さんは安心したように「はっはっは」と声を上げ笑った。

「今回、修司くんまで巻き込んでしまって本当に申し訳ない」

道野辺さんは背筋をピンと伸ばしたまま頭を下げた。

「俺を指名してくれたのは道野辺さんなんですね？　拓はミヤビさんに後を引き継ごうと思ったと言っていました」

「ミヤビくんには家族がいますからね。なるべくこういったことには関わらせたくなかった」

それは、俺なら良いけど、ということだろうか……

俺の心内を読んだように、道野辺さんは慌てて言葉をつけ足した。

「別に修司くんがどうと言うわけではありませんよ。ただ、ミヤビくんには娘がいますので、どうしても父親の心情として辛くなってしまうだろうと……」

道野辺さんは哀しそうに俯いた。

「道野辺さん、本当に式の前に会わなくていいんですか？」

道野辺さんは深く頷いた。

「私にはそのような資格はございませんから……。それに彼女にはきちんと、素晴らしい父親がおります」

──私は家族を捨てた人間です──

いつか言っていた、道野辺さんの哀しい言葉が脳裏に蘇った。

道野辺さんは以前、若くして輸入雑貨を委託販売する会社を立ち上げた。学生時代から支えてくれた妻と二人三脚で築き上げたその会社は、従業員十五名、派手な業績ではなかったものの経営状態は安定していた。子宝にも恵まれ、家族は他者がうらやむほどに仲睦まじく、平凡だが幸せな日々だった。

しかしある日、大手取引先であった雑貨チェーンが突如倒産した。海外雑貨ブームに乗り無理な店舗展開をしかけたことが失敗の要因だった。時期を同じくしてブームを見越した大手アパレルブランドが雑貨店のプロデュースに参入してきたことも大きな痛手となった。

道野辺さんと奥さんはなんとか会社を守ろうとあらゆる手を尽くした。しかし、あまりに突然すぎた取引先倒産の損失を埋めることはできなかった。

道野辺さんは会社を畳む決心をした。家族や従業員を守るため、苦渋の決断だった。しかしそれが、よりによって道野辺さんが最も信頼していた、右腕とも呼ばれた男に裏切られる原因となってしまうとは、道野辺さんは夢にも思っていなかった。

その男は、道野辺さんが『微々たるもので申し訳ないが、一人一人に直接手渡したい』と用意していた従業員の退職金を、全額金庫から持ち逃げし姿をくらませた。

妻の説得にも応じず、道野辺さんはそれを警察沙汰にしなかった。そして他の従業員にも決して話さなかった。

結局、道野辺さんは借金をして、予定通りの退職金を全員に支払った。しかし、倒産した会社の社長に大金を貸してくれる機関などあるはずもなく、結局闇金に手を出してしまっていた。

その事実を妻が知ったのは、家に借金取りがたてに来るようになってからだった。

夜逃げ同然に家を出て、家族は妻の実家近くに戻り小さなアパートに住んだ。妻や娘はそれでも父に優しかった。しかしその後すぐに、道野辺さんは記入済の離婚届を残し、姿を消した。

道野辺さんは、大阪《おおさか》でホームレスとなった。大阪まで移動したのは借金取りから逃げる為だ。自分にお金をかけることなく、日雇いで稼いだ金は一円でも多く妻に仕送りしたかった。

社長に出会ったのはその半年後だった。そして『道野辺』と書かれた名刺を手渡された。

俺が以前、道野辺さんに聞いた身の上話はここまでだった。

「あの時の私は正常な判断ができなくなっていました。ただ、家族だけは守らなければ、そればっかり考えていた。その為には籍を抜く必要があると。しかし妻の性格上、首を縦に振るとは思えなかった。なので私は消えたのです。別れの言葉ひとつ残さず、家族を捨てたのです。娘がまだ五歳の頃でした」

マスター拘りのコーヒーの香りをゆっくり吸い込みながら、道野辺さんはぽつぽつと話し始めた。

「実は私と社長は、私が経営者時代に一度面識があったのですよ。しかし自分のことなど忘れているだろう、と思っていました。社長はその頃から周囲に一目置かれる存在でしたから。社長はホームレスになった私に『どこかでお会いしませんでしたか?』と声を掛けた。私は黙って首を振り、その場から立ち去りました。するとその一週間後、再び社長が私の前に現れたのです。そう、この名刺を持って」

道野辺さんは、胸ポケットから一枚の名刺を差し出した。

その名刺は『道野辺』という名前と、事務所の住所と電話番号だけ書いてある、シンプルなものだった。

「わけがわからない私を社長は車に乗せると、そのまま駅まで連れていき新幹線に乗せました。あっという間の出来事でした。気づくと社長と二人、あのビルの前にいました。あのビルは当時からすでに薄汚れていました。立地も悪く設備も悪い。だから安いのだ、と社長は嬉しそうに笑いました。そしてこう言ったのです」

『見てごらん。周りには古い住宅しかない。とても良い街並みだよ。晴れた日には布団を叩く音がそこら中から聞こえる。小学生がリコーダーを吹いて、豆腐売りの音もする。街が生きているんだ。これほど美しいことはない。その中心で会社を立ち上げるなんて、ワクワクしないかい?』

「私はこの方のお手伝いがしたいと思いました。しかし借金があることは隠しておけません。意を決して社長に打ち明けると『もう返したよ』と、あっさり言われました。どれだけ時間がかかってもいい。少しずつ僕に返してくれれば、と。私の過去など全て調べ尽くしていらしたのでしょう」

道野辺さんは懐かしそうに、そっと名刺に手を添えた。

「道野辺というのは私の本名ではありません。しかし社長は私にこう言って、この名刺をくれたのです」

『道野辺から一緒に花を咲かせてみませんか』

「私の本名は立花久光《ひさみつ》と申します。立花彩芽の実の父親です」

シューッと湯の沸く音が、店内に響いた。


「ひとつ、伺ってもいいでしょうか」

道野辺さんは目を伏せ「なんなりと」と頷いた。

「どうして、この会社に勤めた後もご家族に連絡しなかったのですか？」

道野辺さんはそっとカップに手を伸ばした。俺も後に続いた。

「これも私の愚かなプライドといいますか……。社長に立て替えていただいた借金を返し終わるまでは、私に帰る資格などないと思っていました。実は三年後、借金を返し終え、私は一度家に戻ろうとしました。そして家の傍で妻の帰りを待っていた時、妻と娘はある男と歩いてきました。私は慌てて物陰に隠れ、その男は妻と娘と一緒に家に入っていきました。その姿は幸せそうな家族そのものだった。その男は私も知っている人物でした。妻の幼馴染でとても良い人です。私は妻の幸せを邪魔するべきではないと考えました。しかし妻が受け取ってくれるのであればと思い、せめてもの償いとして送金は続けました」

道野辺さんはカップを丁寧にソーサーへ戻すと、ゆっくりまばたきをするように、一度目を閉じた。

「口座が解約されたのは彩芽がちょうど高校生になる時でした。妻の私に対する決別だと思いました。しかし、やはり何かあった時にはせめて金銭的なことだけでも助けたい。そんな自己中心的な思いを抱いていた時、拓と出会いました。私は拓に二人の様子を探ってほしいと頼みました。それが、拓に頼んだ最初の依頼内容でした」

「拓とはどこで出会ったんですか？」

「道端で私が声を掛けたのです。私はどうも路上に縁があるようだ」

道野辺さんは薄く微笑んだ。

「はい。拓は予想以上に上手くやってくれました。その後、拓に事情を打ち明け、それから私は定期的に拓に依頼を出しました。生活に困っていないか、不慮の事案が起こっていないか。拓にそっと様子を窺《うかが》ってもらいました。拓は黙って依頼を受けてくれました。私は拓の優しさにつけ込み、利用してしまったようなものです。申し訳ない気持ちしかありませんでしたが、それでも拓を頼り続けてしまった」

道野辺さんの言葉は、俺には懺悔《ざんげ》に聞こえた。

静かにコーヒーを飲みながら、俺はあることに気づいた。

「でも、彩芽さんも立花姓を名乗っていますよね？　奥さまは結局再婚されていないということですか？」

「彩芽が立花姓を名乗ってくれていることは、拓に依頼を出してから初めて知りました。私も、もしや再婚していないのでは、と気になって調べてみたのですが、妻が……失礼、元妻、ですね。元妻が私と離婚後、立花姓を名乗ることは問題ないようで、更に再婚後でも子供の姓は変えないこともあるようです。姓を変えることに抵抗を示す子供も多いようなので」

「道端で……」

なるほど。確かに子供は色々感じることもあるだろう。

「学校生活とか色々ありますもんね……。では、元奥さまは間違いなく再婚している、と」

「はい。それは確かです。拓は初めの頃、物陰から様子を窺うだけだったのですが、次第に本人と接触し友人関係を築きました。その際に彩芽本人の口から母親が再婚していることを聞き出しております」

「そうですか……」

再びシューッと湯の沸く音が、店内に響いた。

今日も午後からしとしとと雨が降りだした。

「ねえ、たまには他の人で練習したほうが良くない？　さすがにそろそろ怒られるんじゃ……」

拓は傘の下でパックのアップルジュースを飲みながらニヤッと笑った。

「道野辺さんの依頼もこなせて練習になる。一石二鳥じゃないっすかー」

立花彩芽は一つの大きな傘に婚約者と身を寄せ合い、慣れた足取りで都内のブライダルサロンに入っていった。

「今日は打ち合わせっすね。これじゃあ出てくるまで時間かかるな」

「彼女が結婚するのにこれ以上この依頼を続ける意味ってあるのかな……。こんなこと言うのはあれだけど、彼女を支える人ができたなら、これ以上道野辺さんにできることってさ……」

拓はストローをくわえ、チューーッと音を立てながらジュースを思いっきり吸い込んだ。

「この依頼は俺の為でもあるんすよ。道野辺さんは俺を利用した、みたいなこと言ったかもしんないすけど、それは違いますよ。道野辺さんは俺に同情してくれたんすよ。とりあえず、入りましょうよ」

道沿いの喫茶店を顎で示し、拓は空になった紙パックをぐしゃっと潰した。

「俺と道野辺さんの出会い、聞きました？」

いつも通りケーキとカフェラテを注文した拓は、椅子に深く腰掛け首をポキポキ鳴らしながら言った。

「道野辺さんが道端で声かけたって。それだけ」

「道野辺さんが道端で……。なんか早口言葉できそうっすね」

拓はやっぱりヘラヘラしていた。

「間違いなく道端っすよ。俺は地面に這いつくばってました」

拓以外の誰かがそう言ったなら冗談かと思うだろう。けれど、それは紛れもない事実なのだと俺は確信していた。

「自販機の下ってけっこう小銭落ちてんすよ。こう、コロコロコロコローって転がり込むんすよね。俺はいつも定規でそれを掻き出してたんです。ホームレスなんかもよくしてますけど、流石に雨が降った後は地面が濡れてるからする奴は少なくて。あとほら、傘さして買うからか小銭落とす人も多くて。雨上がりは狙いめなんすよ。あ、うまそー」

テーブルに運ばれてきたケーキに、拓は早速フォークを突き立てた。

「その日も何日か雨が降り続いた後でした。俺が地面に這いつくばってると、すぐ横でしゃがみ込む人がいて。なんだコイツ、って顔上げたら、なんだかオシャレな帽子被ったオッサンがいて。濡れた地面に膝ついたまま、帽子を取って俺にこう言ったんです」

拓は道野辺さんの声色を真似るように言った。

『ちょっと、きみに頼みがあるのですが……』

思った以上のクオリティーに俺は思わず笑った。

「俺は二つ返事でオーケーしましたよ。金なかったし、金くれるって言うし。それが良いことか悪いことかなんて考えもしなかった。危険なことだって別にいいと思った。けど……なんか、この人は俺を危ない目になんて遭わせないんじゃないかって思ったんす。道野辺さんの目は、それくらい優しかった」

拓はあっという間にケーキを食べ終わると、再びメニューを開いた。

「俺、なんかわかるんすよ。別に第六感ってわけじゃないんすけど、その人の本質っていうのかな。目え見たらわかるんすよ。多分、施設にいた時色んな奴と会ったから。色んな奴と合わせなきゃ生きていけなかったから。いつの間にかそういうの得意になったんでしょうね。すいませーん、ショートケーキとカフェラテお代わりー」

メニューを差し出しながら「修司さんは？」と尋ねた拓に、俺は苦笑いで首を振った。拓は黙ってメニューを戻した。

「だって、高校出たばっかりみたいな若者が濡れた地面に這いつくばって自販機の下の小銭探してんすよ？　道野辺さんがプロの探偵じゃなくて、どこの馬の骨かもわかんねーような俺なんかに金を渡したのは、きっと俺のこと見てられなかったんすよ」

「道野辺さんらしいね」

「道野辺さんの依頼、何回かやった後っすね。『気が合うと思いますよ』とかって、ミヤビさんを紹介してくれて。ミヤビさんは俺に色んなこと教えてくれた。休みの度に連れ出してくれたり、色んな人に会わせてくれたり。道野辺さんと俺でしょっちゅうミヤビさんの家に入り浸って、祥子さんの手料理食って、なんかちょっと変な家族みたいだった。父ちゃんと兄ちゃんと姉ちゃんできたみたいな。たまにそこに社長と奥さんも交ざって、そのうち『拓、うちで働きなよ。別に大学行きながらでもいいからさ』なんてことになって。あ、どーもー」

拓は運ばれてきたショートケーキのイチゴを摘まんでポイッと口に放り込んだ。

「多分、道野辺さんは俺に家族を作ってくれようとしてたんだと思います。最初は、この人なんでこんな俺に構ってくれるんだろう、って思ったんすけど、彩芽が娘だって聞いて、ああ娘にできなかった償いを俺にしてんだなって。……ちょっと食います?」

拓がショートケーキの載った皿を指した。

「ううん、ありがと」

苦笑いを返した俺に、拓は「この生クリームうまいのにー」と笑った。

「だから、俺のほうが道野辺さんを利用してたんすよ。道野辺さんの気持ち知ってて、俺はずーっと、相場より高い金貰って依頼を遂行してたから」

俺はコーヒーカップを手に取り口をつけた。

「きっと、お互いに必要だったんじゃないかな。拓も道野辺さんも、お互いに必要な相手だったんだよ」

「道野辺さんは……俺に全てを与えてくれました。だから俺はどうしても彩芽と道野辺さんを会わせたい。たとえ家族には戻れなくても、たった一度だけでもいいから。それが俺の最後の仕事だと思ってます。万が一失敗した時の為に、事の経緯を知っている人を日本に残したかった。だから修司さんには全部話しました。どうか、今後も道野辺さんをよろしくお願いします」

拓が俺に頭を下げた。胸がジーンとした。

「できることはなんでもするよ」

「えっマジっすか⁉」

拓が勢いよく頭を上げた。そしてニヤッと笑った。

「じゃあ、とりあえず難攻不落のあの人を落とさないとねえー」

何か騙されたような気がする……。

俺は拓のニヤニヤした顔をじっと眺めた。

「いいかげんにしてよねー！！！」

超がつくほど高級なステーキ店に彩芽の大声が響いた。

俺の背中には嫌な汗が流れていた。

ここ、本当に経費で落ちるんだろうな。なんでもするなんて言わなきゃよかった。

「いいじゃん。俺もうアメリカ行くんだし、それまでに後継者育てないとマジやべーんだよー。協力してよー」

拓は椅子の背にもたれかかり、メニューから目を離さず言った。とてもものを頼む態度には見えない。

「私以外で練習すればいいでしょ⁉　しょっちゅう跡をつけられるこっちの身にもなってよ！」

そう言う彩芽も視線はメニューに釘付《くぎづ》けだった。

「ね、この肉とこの肉何が違うの？」

途端にヒソヒソ声になった彩芽が言った。

「えっ店員に聞けばいいじゃん」

「恥ずかしいでしょ」

「よく言うよ。あんな大声出しといて。店員呼ぶよ？」

「ちょっと待ってよ！　まだ見てるんだから」

「適当に高いの頼めよ」

「いいの⁉　ほんと⁉」

「マジマジ」

マジマジ、じゃねえよ‼

俺は心の中で叫んだ。持っているクレジットカード使えるだろうか。

「なあ、彩芽。バージンロードどうするの？」

高い肉をあっという間に平らげ、優雅にワイングラスをまわしながら拓が言った。

「どうするって？」

彩芽が満足しきった表情で言った。

「誰と歩くの？」

「それはもちろん、お父さんに決まってるじゃない」

「どっちの？」

「どっちのって……。一人しかいないじゃん」

途端に彩芽の表情が曇った。

「いるじゃん、もう一人」

「いないよ。私のお父さんは一人だけだから」

への字口でそう言った彩芽は、高いワインをグイッと呷った。

俺は口を挟まないよう気配を殺し、高いワインをちびちび飲んだ。

「でもさ、ずっと入金続けてくれてたんだろ？」

「そんなの知らない」

「借金もあるのに、結構大変だったんじゃない？」

「だから、そんなの知らないってば！」

「お前は恵まれてるよ」

「はあ⁉　どこがよ」

彩芽の声が大きくなった。

「金に何不自由なく暮らせたのは誰のお陰だよ」

拓の言葉に彩芽がバン！　とテーブルを叩いた。

「そんなの知らないわよ！　じゃあ帰ってくればよかったんでしょ⁉　あんなにいっぱいお金送れるようになったなら、さっさと帰ってくればよかったじゃない！　お母さんずっと待ってたのよ！　だからずっと立花姓を名乗って……！」

彩芽は悔しそうに唇を噛んだ。

「それなのに口座を解約した途端、なんの音沙汰もなくなって……あれはお母さんの最後の賭けだったのよ！　そうすれば心配して帰ってくるかもって。それなのに……」

次第に彩芽の声は涙ぐんでいた。

「でも、お母さん再婚してるでしょ？」

拓の質問に彩芽は視線を鋭くした。

「そうよ……。私が再婚を後押ししたからよ！　悪い!?」

「いや、そういう意味じゃなくって……」

「だってずっと近くで私たちを支えてくれてたのよ!?　いいかげん再婚してあげなきゃ、お父さん可哀そうじゃない！」

彩芽は拓の言葉を遮りまくしたてた。

「ちょっと待って……。え？　お母さんいつ再婚したの？」

拓が慌てたように言った。

「私が高校三年の時よ！　私が言ったの！　ちゃんとお父さんとして卒業式を見に来てって！」

彩芽が高校三年になるまで元奥さんは再婚していなかったのか……。

それじゃあ、道野辺さんはずっと勘違いを………？

言葉を失くした拓に代わって俺が質問した。

「じゃあ、それまでお母さんはお父さんを待っていたってことですか……？」

「だからそう言ってるじゃない！　何も知らないくせに勝手なこと言わないでよ！」

彩芽は席を立つと、バッグを手に取り足早に店を出た。

俺たちは無言のまま放心したように先に座り続けた。

しばらくして、拓は「あーっ」と叫んで天を仰ぐと、グラスに残っていた高いワインをぐびぐび飲みほした。

雨上がりの公園で、木々たちは露に濡れきらきら輝いていた。

「下手くそ！」

公園の池のほとりにあるベンチに座った立花彩芽は、空に向かって叫んだ。

俺は苦笑いで濡れた木陰から顔を出した。

「やっぱりバレましたか」

俺は彼女の傍まで歩み寄ったが、彼女は黙ったまま池を見ていた。

「ちょうどシーズンですね」

ベンチの前にある池には、菖蒲《あやめ》が美しく咲き誇っていた。

「彩芽さんは六月生まれですよね。やっぱり花の菖蒲から名前を取ったんですか？　良い名前ですよね。『いずれ菖蒲か杜若《かきつばた》』ってね」

「そんな慣用句よく知ってるわね」

彼女はぶっきらぼうに言った。

「やっぱり彩芽さんも知ってました？　どちらの花も美しいことから、優れていて優劣がつけがたいことを表すらしいですね。道野辺さ……、前のお父さんが一番最初に経営していた会社の名前を覚えていますか？」

彼女はちらりとこちらを見て、すぐに目を逸らした。

「有限会社アイリス」

俺の言葉に、彼女は驚いた顔を見せた。

「あなた……あの人と知り合いだったの？　一体どういう関係よ」

俺は構わず話し続けた。

「アイリスはギリシャ語で虹の意味を持ちます。そして菖蒲の学名でもあります」

「…………だから何よ」

彼女はへの字口で言った。

「菖蒲の花言葉は知っていますか？」

彼女はプイとそっぽを向いた。その視線の先には、木の陰で濡れた葉っぱを拾っては眺め、拾っては眺めしている少女がいた。

「菖蒲の花言葉は、吉報、嬉しい便り。愛。それから……」

彼女は切ない瞳でじっと少女を見つめていた。

「あなたを幸せにします」

彼女は微動だにしなかった。

「彩芽さんの名前、お父さんがつけてくれたんですよね」

少女は一枚の葉っぱを手に持ち、嬉しそうに駆けていった。その先には笑顔で少女を迎える両親の姿があった。少女の両親は、少女が持ってきたその葉っぱを受け取り天にかざして眺めた。太陽の光に透けた葉っぱはどんな風に見えているのか、両親はかわるがわるその動作を繰り返し、幸せそうに笑っていた。

「嘘ばっか……」

その光景を眺めていた彩芽が呟いた。

「なんです？」

「嘘ばっかだよ……」

立花彩芽の瞳から、一筋の涙が零れた。

「彩芽さん、あなたは一つ誤解していることがあります。道野辺……、お父さんは三年かけて借金を返し終わった後、一度家に戻ろうとしたのです。けれど、そこで再婚相手の男性と一緒にいる、お母さんとあなたの姿を目にした。お父さんの目にはあなたたちがまるで本当の家族のように幸せそうに映った。だから身を引いたのです。あなたたち親子の幸せの為に」

立花彩芽は驚いたように俺を見た。

「嘘よ……。だって、お母さんは……」

「確かに、あなたのお母さんはお父さんの帰りを待っていた。今のお父さんである男性は、あなた方二人の世話を焼いていましたけれど、それはあくまで近所に住んでいる幼馴染としての手助けだった。お母さんは口座を解約することで、お父さんに帰ってくる最後のチャンスを与えたつもりでした。しかしとっくにお母さんが再婚していると思っていたお父さんは、それを決別と捉えた。これは、悲しいすれ違いが生んだ悲劇だったのですよ」

「嘘よ……。そんなの……」

彩芽は絞り出すような声で言った。

明るくなったはずの空から再びポツリポツリと雨粒が落ちた。

葉っぱを拾っていた少女は空を見上げ、父と母に挟まれるように両手を引かれて立ち去った。

あっという間にしとしと降りだした雨に濡れながら、彩芽は微動だにせず、池に咲いた菖蒲を眺めていた。

「色々考えたわ」

数日後、事務所のほど近くにある古い喫茶店で、俺と拓は立花彩芽に会っていた。拓がずっと道野辺さんと情報売買していたのと同じ喫茶店だ。

「あの人が戻ってこなかった理由を、お父さんに話したの。お父さんは私に『僕に気を遣わず、彩芽の好きにしなさい』って言ってくれた。そして、お母さんも知っておくべきだ、って自ら事実を告げたわ。けれど私たちは何も変わらない。これからもずっと家族のまま」

彩芽は一度目を伏せた後、強い眼差しで前を向いた。

「私とバージンロードを歩くのは今のお父さんよ。私たちを今までずっと支えてくれたのはやっぱりお父さんなの。ずっとあの人を待っていたお母さんを、それでも変わらず支え続けてくれた。わたしたちの一番傍にいてくれた。それは変わらない」

俺と拓は揃って頷いた。立花彩芽が自分で出した結論に、意見する気など毛頭なかった。

「けど……。二人にお願いがあるの」

立花彩芽は俺と拓を交互に見た。

「これを、あの人に渡してほしい」

差し出された手紙を見て、俺と拓は同時に「もちろん!」と声を上げた。

喜んで手紙を受け取ろうとした拓の手をスッとかわして、立花彩芽は俺たちをジロリと睨みつけた。

「その前に、あんたたち一体何者なのよ」

俺と拓は顔を見合わせ、苦笑いを浮かべた。


彩芽と別れ、俺たちはすぐさま事務所へと向かった。

道野辺さんはまだいるはずだ。

七階分の階段を何度も手を膝につきながらも駆け上がり、事務所の扉を勢いよく開けた。

道野辺さんは驚いた表情で汗だくの俺たちを眺めた。

「お届け物っす」

ハアハアと肩で息をしながら手紙を差し出した拓に、道野辺さんは不思議そうな顔でそれを受け取った。

その場で手紙を開いた道野辺さんは、次の瞬間、顔を覆いその場に崩れ落ちた。

「道野辺さん……！」

道野辺さんは何も言わず、震える手で俺たちに手紙を差し出した。そこには短い文章が綴られていた。

『素敵な名前をつけてくれてありがとう。来週火曜、十八時に銀座《ぎんざ》の〝レストラン・ソール〟で待っています。彩芽』

「道野辺さん……！　やりましたね……！」

俺は道野辺さんの肩に手を置いた。道野辺さんは泣き崩れたまま、手にはしっかりと手紙を握りしめていた。

「しかし……私は……どんな顔をして会えばいいのか……」

震える道野辺さんの肩を拓がガッシリ摑んだ。

「どんな顔も何も、そのまんまでいいんすよ！　彩芽は会いたがってるんすよ！　行ってあげてください！」

道野辺さんは声を殺すように嗚咽を漏らした。

「道野辺さん、二十年分の思いの丈《たけ》を、思う存分伝えてきてください」

俺も込み上げるものを抑えながら言った。

道野辺さんは、ただただ涙を流し続けていた。

拓がゆっくり道野辺さんの肩から両手を外し、コホンと咳払いをした。

「あー、あと一個。彩芽から伝言っす」

そして、俺のほうを向き「せーの」と息を吸った。

「『こそこそ人の周り嗅ぎまわってんじゃねえよ！』」

道野辺さんは、驚いた顔で俺たちを見上げた。

「すいません……依頼の件、バレちゃいました……。怒鳴られること覚悟しといてください」

「あーあともう一個、覚悟したほうがいいっす。この店、クッソ高けえよ」

メモを指差し笑った拓の瞳は、心なしか潤んで見えた。

翌月、空港で拓は爽《さわ》やかな笑顔を浮かべていた。

「ようやく肩の荷が下りたっすよ」

先日、道野辺さんと拓は揃って彩芽さんの結婚式に参列した。

今の父親とバージンロードを歩く彩芽さんを、道野辺さんは誇らしげな表情で眺めていたと拓は言った。

「ところでさ、拓はアメリカで何するの？」

俺の質問に、一緒にいた道野辺さんとミヤビが目を合わせた。

「えっ修司さん知らなかったんスか⁉」

「だって拓が教えてくれなかったんだもん！」

拓がヒャヒャヒャと笑った。

「えー言ってなかったっすかあ？　アメリカは養子縁組制度が発達してるっしょ？　だからちょっと勉強してこようかなって。その関係の会社です」

「なるほど！　すごいね！　英語も話せるって知らなかったよ」

「いや、あんま話せないっすけど、まあなんとかなるかなーって」

拓は相変わらずヘラヘラしていた。

「それでよくインターンシップ受かったね！　大丈夫なの⁉」

「なんとかなるっすよー」

「そうそう、なんとかなるっしょ」

ミヤビが合いの手を入れた。

「なんか……二人揃うとすごいよね……存在感っていうかなんていうか……」

ミヤビはアメリカを意識してか、星条旗柄のシャツを着ていた。

「あ、そうそうこれ餞別！　今着てるのと同じシャツ！」

ミヤビが同じ星条旗柄のシャツを拓に手渡した。

「やったー！　これでアメリカンに親切にしてもらえるっすねー」

それはどうだろうか……

ふと道野辺さんを見ると、黙って目頭を押さえていた。

「もー道野辺さん泣きっぱなしー。彩芽の結婚式もひどかったっすよー」

拓が呆れたように笑った。

「最近めっきり涙腺が緩くなりましてね……。歳のせいですかねえ……」

「ちがいねえッス！」

ミヤビがケラケラ笑った。

「歳なんすから、あんま無茶しないでくださいよ。ちゃんと栄養あるもの食べて」

拓が優しく話しかけると、道野辺さんは俯いたままで頷いた。

「それは私のセリフですよ。アメリカでハンバーガーばかり食べないように」

「大丈夫っすよ。栄養の取り方もちゃんと道野辺さんに教えてもらいました。風邪を引いたら蜂蜜生姜《しょうが》湯を飲んで、うどんをくたくたに煮て卵入れて食います」

道野辺さんはしおらしく俯いていたが、ふと真剣な表情で顔を上げた。

「そういえば、アメリカにうどんは売っているのでしょうか」

「パスタはあるっしょ」

すかさずミヤビが言った。

「パスタでは消化に悪いのではないですか？　後で調べてみましょう。いいえ、ミヤビくん今すぐ調べてください」

ミヤビはケラケラ笑っていた。

「道野辺さん」

拓が確かめるように名を呼んだ。

「今までお世話になりました」

道野辺さんは「ウッ」と嗚咽を洩らすと、また目頭を押さえた。

「そんなこと言わないでください。これからもお世話させてください。ひとまず、うどんを束で送りますよ」

拓は優しく笑うと首を振った。

「いいえ、もういいんです」

道野辺さんはそんな拓を寂しそうに見上げた。

「これからは俺の番っすから。これからは、俺に道野辺さんの世話を焼かせてください」

道野辺さんは、再び目頭を押さえた。

「ほんと、すぐ泣くんすから」

「歳のせいですかねえ……」

道野辺さんは声を詰まらせるように言った。

「まだそんな歳じゃないっすよ。まだまだ長生きしてもらわないと」

「もうこれ以上、泣かせないでください」

道野辺さんはなんとか声を絞り出していた。

「バレましたか。泣かせようとしてるの」

「まったく……困った子だ……」

そう言って道野辺さんは涙を流し続けた。

飛び立つ飛行機が見えるカフェで窓際の席に並んで、俺たちは空を見ていた。

道野辺さんは鼻にティッシュをそえて、まだグズグズ鼻水をすすっていた。

「まーったく、たった二か月なのに大袈裟ッスねー」

ミヤビは優しい笑顔で道野辺さんの肩を叩いた。

「えっ、二か月なの⁉」

「とりあえずは、そうッスよー。そっから一旦帰ってきて、大学ちゃんと卒業してから、また色々決まるんじゃないッスかねー」

「ええ……」

俺は豪快に洟をかんでいる道野辺さんに目をやった。

「道野辺さん……。寂しがり屋だね……」

「まー拓は道野辺さんの息子みたいなもんッスからねー」

「あっ飛行機が……！」

道野辺さんが空を指差した。

「道野辺さん、まだ離陸時間になってねーッス。なったらちゃんと教えるんで」

ミヤビが呆れたように笑った。

道野辺さんはもう一度洟をかむと、真っ赤に染まった鼻の頭を俺に向けた。

「そう言えば修司くん。帰ったら社長室へと伝言を預かっていたことを、すっかり忘れていました」

「えぇー。なんだろー」

「スパイの特訓じゃないッスか？」

ミヤビが携帯をいじりながらニヤニヤと言った。

「マジかー。なんか疲れてきちゃったよ……」

「そう言わずにぃー」

俺は正直もううんざりしていた。社長の思惑《おもわく》はやっぱりよくわからない。

「そういや、社長最近どう？　元気になった？」

俺はふと思い出して尋ねた。

「おや、なんの話ですか？」

まだ鼻水をすすりながらも道野辺さんが言った。

「いや、この前ミヤビが社長の元気がないって……」

「よく覚えてるッスねー、修司さん」

ミヤビは相変わらず携帯をいじっていた。

「一応、社長のことだしね。心配じゃん。会社の経営のことだったら困るし」

「経営状態は安定していますので、ご安心を……ックシュン！」

なぜかクシャミをした道野辺さんが再び洟をかんだ。

俺はそろそろ鼻が取れるのではないかと心配になった。

「じゃあ、なんだろうなー……」

と、ミヤビが大声を上げた。

「あーこれだあー！」

「えっなになに⁉」

「社長ッスよー。これ、このニュース見てください」

ミヤビが携帯の画面を指差した。

「何……？　速報！　女優の貴子がハリウッドデビュー……。これが？」

「それはそれは。おめでたいことで」

道野辺さんが新しいティッシュを出しながら言った。

「道野辺さんファンだったんですか？　あ、もしかして社長も？」

ミヤビがニヤリと笑った。

「そりゃあもうすっげーファンっスよー。世界一じゃないッスか？」

「へえー」

相槌を打った俺に、なぜか道野辺さんも含み笑いを見せた。

「ハリウッドに行っちゃうから元気なかったってこと？」

「そりゃそうッスよー。心配でしょー」

ミヤビはニヤニヤしながら言った。

「心配……？」

ミヤビはいつになくニヤニヤしていた。

「何、その顔……。道野辺さんまで……」

俺は何か不穏なものを感じた。

「べーつーにい――」

ミヤビは面白くて仕方ないという様子でケケケと笑った。

「貴子……？」

俺は彼女の経歴をネットで調べた。

女優『貴子』二十九歳。本名『野宮貴子』

「あ、桜子ちゃんと同じ桜ヶ丘女子じゃん。へえー良い大学出てたんだね……。

……ん？」

本名、野宮貴子？　野宮……。

俺は思わず不思議な笑みを浮かべた。

「まさか……ね。え？　……野宮って……偶然だよね……」

「あーそろそろ時間ッスよー。拓の便」

ミヤビが何食わぬ顔で窓に身を乗り出した。

「ねえねえ、野宮って社長と同じ苗字《みようじ》だけど……、違うよね？」

ミヤビは俺を完全に無視して「くるかなーくるかなー」とワクワクした顔で繰り返した。

「ねえ、道野辺さん……。違いますよね？　関係ないですよね？」

「無事に飛び立つと良いのですが……」

道野辺さんは真剣な面持ちで祈るように両手を組んだ。

俺は確認するために急いで貴子の画像を検索した。

大丈夫、似ていない。社長とは似ても似つかない。

……でも待てよ、そもそも祥子さんも社長とは全く似ていない。というか、祥子さんと貴子って似てるんじゃ…………？

「え……ちょっと、二人とも……ねえ、ミヤビ！　祥子さんって妹いないよね……？

野宮貴子が妹とかじゃないよね……!?」

「あーあれじゃないッスかー!? ほら、あれ！」

「どれですか、ミヤビくん！」

二人とも俺を無視してガラスに張りつくように空を見ていた。

「ねえ！ 野宮貴子って、社長の娘じゃないよね!? ねえってば!!」

「あれだ——!!」

ミヤビが真っ青な空に浮かぶ飛行機を指差した。

まるで海鳥のように大きな翼を持った飛行機は、太陽の光を浴びて銀色に輝きながら、空高く飛び立っていった。

＊＊＊

「桜が咲くころに会いにおいで」

狭い飛行機の座席で俺はあの人の言葉を思い出していた。

愛がたくさん詰まったあの人の言葉。

アメリカにも桜の木がたくさんあるらしい。日本の桜と同じように美しく咲くのだろうか。あの庭の桜と同じように美しく咲くのだろうか。

俺には両親がいない。けれど、たくさんの良い出会いがあった。

まるであなたみたいに、家族のように思える人たちとも出会えた。

そして、辛い別れもあった。

これからもきっとこうしてたくさんの出会いと別れを繰り返していくんだろう。

様々な人たちが人生を賭けて生き抜くこの世界は、きっと甘くない。

夢なんて荷物を抱えるのは面倒かもしれない。

それでも、あなたが俺にそうしてくれたように、俺も同じような境遇の子供たちの支えになりたいんだ。

一人でも多くの子供たちに『愛』を知ってほしい。

これを、俺の夢だと呼んでもいいかな。


小さな窓の外に見える模型のような地表はどんどん遠ざかってゆく。

ここから桜の木は見えない。

けれど、目を閉じるといつも満開の桜とあの人の笑顔が脳裏に蘇る。

母さんと呼びたかったけれど、最期まで呼べなかったあの人。

「春は桜。ようよう蕾ほころびゆく、枝先は少し下がりて、薄紅だちたる花のいとにほひやかなり……」


ねえ、母さん、今年の桜も美しく咲きましたか？

来年の春、あの庭の桜が咲くころに、また会いに行くからね。

END

あとがき

こんにちは。北川恵海《きたがわえみ》です。初めての続編として『ヒーローズ（株）！！！』の第二巻を出すことができました。感無量です。皆さんにたくさん応援していただいたお陰です。本当にありがとうございます。

既に本編をお読みいただいた方はピンときているかもしれませんが、今作を通しテーマとなったのは『夢』です。もし本書にサブタイトルをつけるとするなら、『それでも人は夢を見る』とでもしましょうか。

夢には大きく分けて二つの種類があります。

夜眠るときに見るもの。そして、起きている間に見るもの。

『幻想』と『現実』を同じ言葉で表現するとは、なんとも不思議なものです。

振り返ってみれば『夢』という言葉は、小さな頃からずっと私たちの傍にあったのではないでしょうか。「あなたの夢は何ですか？」「わたしの夢はお花屋さんになることです」物心ついた頃にはこんなやりとりをしていた記憶があります。

夢の数は子供の数だけあって、しかしはじめの内、その内容は似たり寄ったりしています。女の子なら『お嫁さん』『ケーキ屋さん』『幼稚園の先生』などが多いでしょうか。（ちなみに前回のあとがきでもお話ししましたが、私の夢は『刑事さん』でした）男の子なら『パイロット』『車掌さん』『スポーツ選手』などが多いでしょうか。その数少なかった選択肢から、小学生になるとぐんと様々な職種が増え、中学生頃になると『夢なんていらない』なんて声も増え、高校生にもなると、それは『夢』と呼ぶのと同時に『現実的な将来の目標』として、時に重く圧《の》し掛かってきます。

しかし、何も夢というものは職業だけに限りません。「一度でいいからあの場所へ行きたい」「死ぬまでにスカイダイビングがしてみたい」「あの人に好きだって言われたい」「いつかあのお店のパンケーキが食べたい」それだって一つの立派な夢なんです。

私にも勿論あります。行きたい場所、見たい景色、会いたい人、食べたい物。

夢とは欲そのものかもしれません。欲張りな私（たち）はきっとずっと夢を見続けてきたのでしょう。

そして、思い描いた夢がもう少しで叶いそう、手を伸ばせば届きそうなとき、私たちは必死に腕を伸ばします。届け、届け、と願いながら目いっぱい伸ばします。筋がつりそうなくらい一生懸命に伸ばした指先が、夢の端っこになんとか届きそうになったとき、夢は突然音もなく消えたりします。もう指先が触れていたのに、摑めなかった。あとちょっとだったのに。悔しくて、悲しくて、切なくて。それでもまたいつしか違う夢を見つけ、再び手を伸ばします。あと少し、あと少し、そう自分に言い聞かせて疲れた腕を伸ばし続け、なんとかそれに手が届いたとき、それはもう嬉しくて、嬉しくて。しっかりと手のひらに握りしめた夢を眺めてみたくてゆっくり手を開くと、それはまるで雪のようにふわりと溶けてなくなってしまうのです。確かにこの手に摑んだのに、握り続けることなどできない。たった一瞬で魔法のように消えてしまう夢をどうしても摑みたくて、私たちは永遠に手を伸ばし続けるのかもしれません。摑んでも、摑み切れなくても、たとえそれが刹那の輝きであったとしても。

あなたの夢は何ですか？
私の夢は、あと一作、小説を書くことです。
それが叶ったら、次の夢はきっとまた、一作の小説を書くことです。
それが叶えば、次の夢もきっと——
一体いつまで夢を見続けられるでしょうか。

ここで会ったのも何かの御縁です。私の夢がいつまで続くのか、時々で構いませんので、興味本位で本屋を覗いてみてください。そしてあなたの夢がいつまで続くのか、時々で構いませんので、そっと御自身で呟いてみてください。

振り返ったとき、摑んだものも、摑み損ねたものも、小さな夢も、大きな夢も、その全てが数珠《じゅず》つなぎになって、ひとつの大きな道になっているかもしれません。

私のあとにはどんな道ができるだろう。いつか振り返るのが楽しみでもあり、不安でもあり。でもいつか振り返りたくなったときの為に、少しでもたくさんの夢をちりばめておこうと思います。時には傷ついてボロボロになった夢も、たまにその傷を撫でてあげられるように。そして人生が終わった暁《あかつき》には、いつかどこかで私たちの夢を見せ合いっこできたなら……。

その時を楽しみに、今はまだ手を伸ばし続けます。

少しでも遠く、遠くへと、いつか届くように。

そしてみなさんが伸ばした手も、いつか届きますように。

北川恵海

北川恵海 著作リスト

ちょっと今から仕事やめてくる（メディアワークス文庫）
ヒーローズ（株）！！！（同）
続・ヒーローズ（株）！！！（同）

本書は書き下ろしです。

メディアワークス文庫

続《ぞく》・ヒーローズ（株《かぶしきがいしゃ》）！！！

北川恵海《きたがわえみ》

2017年4月25日　初版発行

発行者　塚田正晃
発行　株式会社KADOKAWA
〒102-8177　東京都千代田区富士見2-13-3
プロデュース　アスキー・メディアワークス
〒102-8584　東京都千代田区富士見1-8-19
電話03-5216-8399（編集）
電話03-3238-1854（営業）
装丁者　渡辺宏一（有限会社ニイナナニイゴオ）
印刷・製本　旭印刷株式会社

Printed in Japan
ISBN978-4-04-892882-3 C0193

メディアワークス文庫　http://mwbunko.com/
株式会社KADOKAWA　http://www.kadokawa.co.jp/

本書に対するご意見、ご感想をお寄せください。

あて先
〒102-8584　東京都千代田区富士見1-8-19　アスキー・メディアワークス
メディアワークス文庫編集部
「北川恵海先生」係

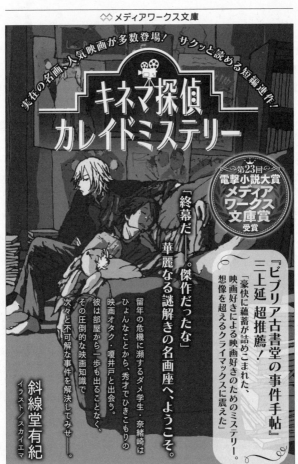